少年读莎士比亚

《奥赛罗》
与
《李尔王》

（英）威廉·莎士比亚 /著   朱生豪 /译
央美阳光 /绘

U0314471

化学工业出版社

·北京·

图书在版编目（CIP）数据

少年读莎士比亚.《奥赛罗》与《李尔王》/（英）
威廉·莎士比亚著；朱生豪译；央美阳光绘. —北京：
化学工业出版社，2023.4
ISBN 978-7-122-43017-5

Ⅰ.①少… Ⅱ.①威… ②朱… ③央… Ⅲ.①儿童故
事—图画故事—中国—当代 Ⅳ.①I287.8

中国国家版本馆CIP数据核字（2023）第036874号

责任编辑：王婷婷　孙　炜　　　　　　封面设计：韩　飞
责任校对：王鹏飞

出版发行：化学工业出版社（北京市东城区青年湖南街13号　邮政编码100011）
印　　装：中煤（北京）印务有限公司
710mm×1000mm 1/16　印张10　字数93千字　2023年6月北京第1版第1次印刷

购书咨询：010-64518888　　　　　　售后服务：010-64518899
网　　址：http://www.cip.com.cn
凡购买本书，如有缺损质量问题，本社销售中心负责调换。

定　　价：39.80元　　　　　　　　　　　　版权所有　违者必究

前言

　　莎士比亚是人类历史上最出色的文学家之一。他一生创作了几十部戏剧、上百首诗歌，这些作品都是历经时间打磨、被后世久为传诵的厚重之作。莎士比亚出生于16世纪，当时欧洲正处于文艺复兴时期，在这种特殊环境中成长起来的莎士比亚，理所当然地十分注重人的思想意识。"漫步"在他的众多佳作中，我们不难感受到那蕴藏在字里行间的人文主义色彩。

　　莎士比亚用精练的语言、精彩的文笔及形形色色的人物，创造出了独属于他的"艺术世界"。透过这个"世界"，我们不但能了解他所处时代的社会百态，还可以探寻人性本质，获得成长、信仰等多方面的深刻启发。

　　"少年读莎士比亚"丛书共四册，书中分门别类地收录了《奥赛罗》《李尔王》《哈姆雷特》《麦克白》四部经典悲剧，以及《威尼斯商人》《皆大欢喜》《仲夏夜之梦》《第十二夜》四部家喻户晓的喜剧。我们以原著为范本，精心策划、改编，用轻松活泼的语言和一幅幅精美绝伦的插图，打造了一套专属于孩子们的"少年读莎士比亚"丛书。相信孩子们阅读了这套故事丛书后，能从跌宕起伏的剧情、幽默风趣的语言中充分感知莎氏戏剧的魅力，汲取创作灵感和人生智慧。

　　还等什么？快翻开书籍，走进莎氏戏剧"小剧场"，开启一段超有趣的文化探索之旅吧！

目录

奥赛罗

　　作为一个拥有新思想的人文主义者，莎士比亚所创作的戏剧具有明显的时代烙印。《奥赛罗》是莎士比亚创作的四大悲剧之一，主要取材于意大利小说家辛斯奥的作品《威尼斯的摩尔人》。该戏剧通过深度刻画奥赛罗与威尼斯女贵族之间的爱情故事，有力抨击了当时英国主流社会对异化民族及"下等人"的歧视现象，揭示出下层人民与上层社会两种文化的角力及双方的激烈斗争。

多事之夜

Dou Shi Zhi Ye

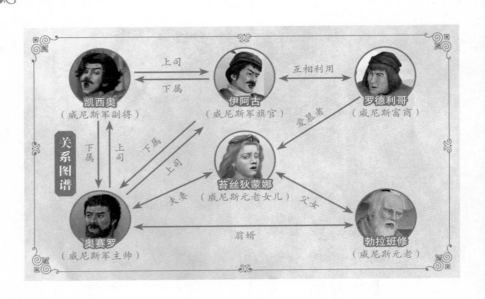

关系图谱

凯西奥 （威尼斯军副将）　　上司／下属　　伊阿古 （威尼斯军旗官）　　互相利用　　罗德利哥 （威尼斯富商）

爱慕着

苔丝狄蒙娜 （威尼斯元老女儿）

下属／上司／下属／上司

夫妻

父女

奥赛罗 （威尼斯军主帅）　　翁婿　　勃拉班修 （威尼斯元老）

夜幕下的威尼斯，华灯初上，凉风习习。街边小店的灯火倒映在河道里，被一艘艘<u>贡多拉</u>掀起的波浪击碎，幻化成各种线条，仿佛一朵朵焰火绽放在水中。

水边街道上，两个男人勾肩搭背晃晃悠悠地走着，一看就是刚刚小酌了几杯。其中一个绅士打扮的高个子年轻人嗓门特别大，一个劲儿地冲着旁边的矮个子军人嚷嚷："这是什么世道啊，伊阿古！我有万贯家财，是上流人士！全威尼斯哪家姑娘不想嫁给我？除了苔丝狄蒙娜……"想到这儿，年轻人又忍不住大喊："都怨你！我给了你那么多好处费，你却回报了我什么？我的女神马上就要和奥赛罗那个黑鬼结婚了！"

伊阿古讪讪一笑："奥赛罗虽然是个摩尔人，但他毕竟是我的主帅！为了安排你和那姑娘见面，天知道我冒了多大风险！万一让那家伙知道，我可就死定了！"

罗德利哥不满地说："远远地看几眼算什么见面？而且那个黑鬼有什么好怕的？他只不过是个四肢发达的蠢货罢了！"说到这儿，罗德利哥又想起苔丝狄蒙娜，不禁悲从中来，一屁股坐在街边，抱头痛哭起来。

我才不怕那个黑鬼呢！

我为什么会输给那个黑鬼？

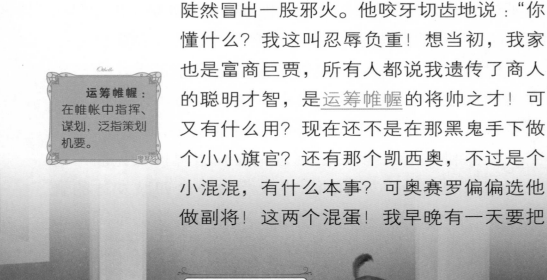

伊阿古看着没出息的罗德利哥，心中陡然冒出一股邪火。他咬牙切齿地说："你懂什么？我这叫忍辱负重！想当初，我家也是富商巨贾，所有人都说我遗传了商人的聪明才智，是运筹帷幄的将帅之才！可又有什么用？现在还不是在那黑鬼手下做个小小旗官？还有那个凯西奥，不过是个小混混，有什么本事？可奥赛罗偏偏选他做副将！这两个混蛋！我早晚有一天要把

运筹帷幄：
在帷帐中指挥、谋划，泛指策划机要。

他们都踩在脚下！罗德利哥，想开点，一个苔丝狄蒙娜而已，忘了她吧。"

"痴心"的罗德利哥当然不愿意。忽然，他"咦"了一声，从地上站起来，说："这不是苔丝狄蒙娜家吗？我们怎么转到了这里？"

"看来你就算喝醉了，也会跟着自己的心走到心爱的姑娘这里呀，哈哈。"伊阿古揶揄道。

一个"咦"字，让故事画面自然而然地实现了转场，为后文人物的出现做好了铺垫。

"给我滚远点！"罗德利哥踹了伊阿古一脚，"不许你再取笑我！"

"用不着我取笑，那黑鬼婚礼上的所有人都会取笑你的，哈哈。"伊阿古拍拍屁股上的脚印，继续刺激罗德利哥。

罗德利哥脸上青一阵白一阵，沉默良久，突然攥紧了拳头说道："我要把他们的丑事都抖出来，让她那不待见我的老爹也尝尝被取笑的滋味！"

从当前故事的发展来看，伊阿古既是整个戏剧故事情节的桥梁式人物，又是戏剧冲突、故事发展的主要推动者。

"说得对，这才像个男人！"伊阿古大声说，"而且我怀疑那姑娘根本就没告诉她老爹结婚的事情，不如我们在这里吼一吼，给她老爹一个惊喜如何？"

"好主意，哈哈。来，跟我一起喊！"罗德利哥来了劲头。

"喂，勃拉班修！勃拉班修先生！"

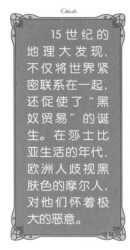

15世纪的地理大发现，不仅将世界紧密联系在一起，还促使了"黑奴贸易"的诞生。在莎士比亚生活的年代，欧洲人歧视黑肤色的摩尔人，对他们怀着极大的恶意。

两人开始在大门外大呼小叫。

伊阿古把手放在嘴边做喇叭状大喊："勃拉班修！快醒醒啊，小心有贼呀！你的女儿和你的钱要被黑鬼偷走了！"

罗德利哥在一旁笑弯了腰："你小子太有才了，接着喊啊，哈哈。"

这时院里阁楼上的窗户亮起了灯，一张脸隐约出现在窗口，正是威尼斯元老院的勃拉班修，他高声说道："哪里来的醉鬼，大呼小叫什么！给我滚开！"

"勃拉班修先生，你快看看家里的人少了没有？"罗德利哥接着喊道。

"你们到底什么意思？要干什么？"勃拉班修很是烦躁，大声呵斥道。

"你别管我们要干什么了，有个黑鬼恐怕要对你女儿干点什么了，勃拉班修先生，恐怕你很快就要抱一个黑不溜秋的外孙了！"伊阿古对着楼上继续喊道。

"黑不溜秋的外孙……哈哈哈。"罗德利哥笑得捂着肚子直不起腰来。

"罗德利哥？是你？"楼上的勃拉班修隐约看见了罗德利哥，更生气了，"你给我立刻滚开！我说过几次了，我不可能把女儿嫁给你的！你死了这条心吧！"

Othello

勃拉班修是威尼斯有头有脸的元老、贵族，他很爱自己的女儿，当然也将名誉看得比什么都重要。

Othello

通过伊阿古与罗德利哥的交谈可以看出，两人对黑肤色人种的不屑。这从侧面映衬出，当时欧洲社会对摩尔人的歧视与压迫。

勃拉班修从最初的不屑到烦躁，又从烦躁到愤怒，情绪在层层递进、变化。

敬酒不吃吃罚酒：比喻不识抬举，不知好歹。

"正是我！勃拉班修先生！"罗德利哥回答道，"我不是来捣乱的，我是来帮你的！"

勃拉班修并不买账，开始威胁罗德利哥："我可是城里有头有脸的人物，你别敬酒不吃吃罚酒！惹恼了我，我让你在城里吃不了兜着走！"

你干吗一副惊慌失措的样子，怎么了？

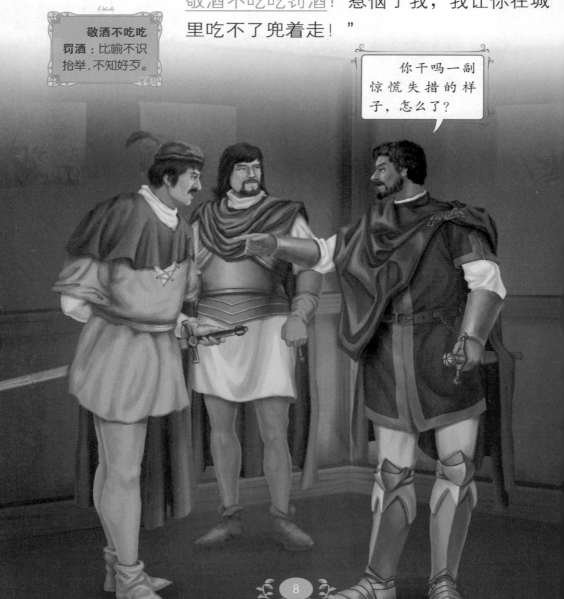

"勃拉班修先生，你可真是好心当作驴肝肺，我是为了你好，你女儿被那个外地黑鬼偷偷勾引走了，你要是不听我的劝，不光你的女儿保不住，将来你的财产和这家业，都要被那黑鬼偷走的！"罗德利哥大声说道，"你只需要跑去你女儿的房间看一眼，就知道我没有骗你！"

楼上没有再说话，却响起了脚步声和开门声。

没一会儿，整个院子里都响起了脚步声。"快把仆人都叫起来！都点上火把！"是勃拉班修的声音。

勃拉班修发现苔丝狄蒙娜不见了，勃然大怒。接下来，剧情会朝着什么方向发展呢？

"下面就看你的了！我还不能一起跟着去，公然和那个黑鬼作对。记住，带他们到马人旅馆去，一定不会扑空的！我走了！"伊阿古说完，一溜烟地跑回了军营。他假装刚从外边听到消息，气喘吁吁地跑到主帅奥赛罗的营帐里。奥赛罗刚好在跟侍从一起收拾行装准备出去，被伊阿古吓了一跳："这么晚了，你惊慌失措地跑什么？发生了什么事？"奥赛罗是个高大威猛的黑人，嗓门也格外浑厚，一句话吓得伊阿古打了个寒战。

我们的主人公之一奥赛罗登场了，他正直、勇敢，具有非凡的能力，是一个来自异土的黑人英雄。

"主帅您听我说啊，不是我有事，是

勃拉班修啊！我看到他带着一大批人，点着火把，向马人旅馆的方向去了！我是有要紧的事情要禀报。"伊阿古慌不迭地解释。

"什么？！快跟我来！"奥赛罗大吃一惊，连忙带着侍从和伊阿古向外走去，他要赶在勃拉班修那帮人之前到马人旅馆去，因为苔丝狄蒙娜还在那里等他。

幸好，奥赛罗一行赶到马人旅馆时，勃拉班修一帮人还没赶到。奥赛罗刚要进去，突然看到副将凯西奥带着手下匆忙跑来："主帅！我可找到您了！"

"出什么事了？有敌情？"奥赛罗看到凯西奥带领的人之中有公爵府上的侍卫，感觉一定有事情发生。

"对！塞浦路斯方面有敌情！看样子很紧急，一个晚上已经派了12名信使前来告急，元老们也都被喊了起来，在公爵府上集合了，因为主帅您不在家，公爵大人派了三队人马分头在城里找您！"

"好，让我进去说句话，咱们马上去公爵府！"奥赛罗一边说一边进了旅馆。

凯西奥看着奥赛罗进了屋，扭头问伊阿古："主帅深夜跑到这个旅馆来做什么？

尽管奥赛罗在战场上勇猛无比，但因为种族的关系，他内心其实十分自卑和脆弱。他自知和爱人的关系不会被认可，所以听到伊阿古的话非常紧张。

莎士比亚用寥寥数笔侧面突出了敌情紧迫及奥赛罗的重要性。

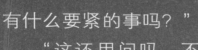

有什么要紧的事吗？"

"这还用问吗，不是要紧的事怎么可能深更半夜跑出来？"伊阿古撇撇嘴，冷笑道，"而且是天大的要紧事——婚姻大事。"

"主帅要结婚？跟谁？"凯西奥有些吃惊。

这么晚了，主帅到这个旅馆来做什么？

11

　　话音刚落，就听见外边人声嘈杂，勃拉班修带着一大帮人径直冲了过来，听到动静的奥赛罗也赶紧走了出来。

　　"看，那个摩尔人，那个黑鬼，就是他！"带路的罗德利哥气喘吁吁地对勃拉班修说。

　　"给我站住！"勃拉班修唰的一声拔出剑来，"奥赛罗！你把我女儿骗到哪里去了？你要是敢动她一根毫毛，我要你的命！"

　　伊阿古一看，自己表现的时候到了，于是也拔出剑来，对着罗德利哥使了个眼色，大喊道："你们都拿着武器要行刺主帅吗！好大的胆子！"

　　"且慢！都给我住手！"奥赛罗却并不惊慌，他对勃

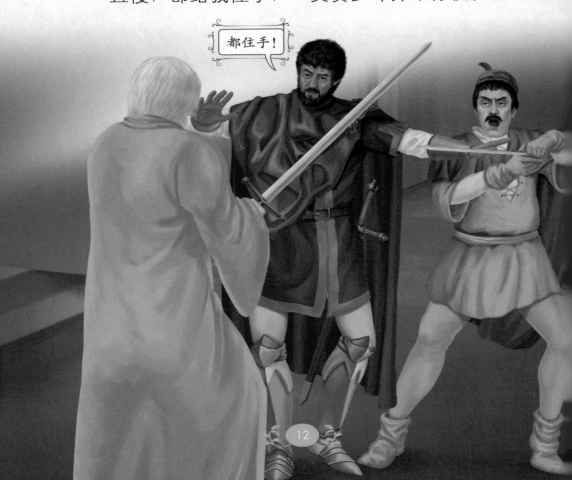

都住手！

拉班修和伊阿古<u>铿锵有力</u>地说道。接着他扭头对勃拉班修说："勃拉班修先生，您年纪大了，请千万不要轻易动怒，有什么事情不能好好说呢？"

"住嘴，你这个黑鬼！"勃拉班修气得眉毛都竖起来了，"苔丝狄蒙娜是我的掌上明珠，她怎会看上你这个黑鬼？一定是你用了什么妖术蛊惑了她！"

"恕难从命，勃拉班修先生，我正要赶往公爵府上，有重要的军情商议。"奥赛罗听到他口中说出"黑鬼"两个字，皱了皱眉，不动声色地指着副将旁边的公爵使者说，"您可以向他求证，而且，您身为元老恐怕也得立刻赶去公爵府了。"

"是这样的。"公爵府的使者说道，其他大部分元老都已经到了，请大人不要耽误。

勃拉班修听到使者这样说，虽然气愤，但毕竟要以国家大事为重，于是同意与大家一同赶往公爵府。

铿锵有力：形容声音响亮且有节奏。在这儿也可以用"掷地有声"来形容。

"黑鬼"一词明显触及了奥赛罗的敏感神经。

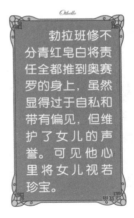

勃拉班修不分青红皂白将责任全都推到奥赛罗的身上，虽然显得过于自私和带有偏见，但维护了女儿的声誉。可见他心里将女儿视若珍宝。

爱情宣言 Ai Qing Xuan Yan

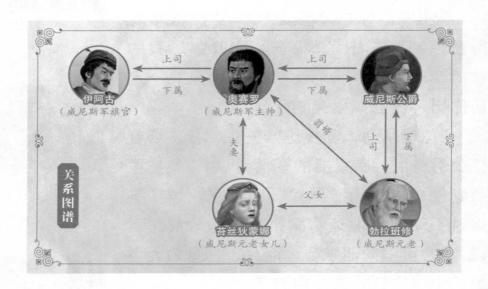

关系图谱

伊阿古
（威尼斯军旗官）

上司 / 下属

奥赛罗
（威尼斯军主帅）

上司 / 下属

威尼斯公爵

爵位

夫妻

上司 / 下属

苔丝狄蒙娜
（威尼斯元老女儿）

父女

勃拉班修
（威尼斯元老）

忧心忡忡：
形容心事重重，非常担心、忧愁的样子。

莎士比亚通过公爵、元老们的神态、语言，以及一个又一个数字营造出紧张的气氛。

公爵府上，公爵与诸位元老围坐在圆形的会议桌前，正在商议军情，众人神色凝重，看起来忧心忡忡的样子。

"塞浦路斯传回来的消息太乱了，"几位元老七嘴八舌，"你看，我的这封信上说，土耳其人来犯的舰队有 107 艘船，可他的信上说的是 140 艘，这一封刚刚送来的信上，又说是 200 艘，这也太乱了，不知道塞浦路斯那边究竟是什么情形。"

正说着，前方的信使赶回来了，只听

他说："报！土耳其人的船队与另一只船队汇合之后，朝塞浦路斯方向去了！"

　　与此同时，侍卫向公爵禀报，说勃拉班修元老与奥赛罗到了，公爵站起身，与元老们一起到门口去迎接。

　　"英勇的奥赛罗，我们将立刻派你去塞浦路斯，与邪恶的土耳其人作战！"

　　"这是我的职责所在，殿下！"奥赛罗向公爵行礼。

公爵又对勃拉班修说："勃拉班修元老，国家需要您的智慧，请与我们一同商议应敌对策吧。"

勃拉班修也行了礼，回答道："抱歉殿下，我现在心中充满了忧虑和悲伤，完全无心考虑战事。"

"怎么回事？"公爵很吃惊。

"是因为我的女儿！她是如此不幸！跟死了没有什么分别！"勃拉班修悲愤地说。

"到底怎么回事？"元老们很好奇。

勃拉班修伤感地说："她被居心叵测的小人拐走了，对方一定是用了下三烂的巫术，让她迷了心智！"

"还有这样的事？"公爵严肃地说道，"依照威尼斯的法律，如果有人这样对待您的女儿，您完全有权利诉诸法律，让法律来惩罚他！"

"谢谢殿下！"勃拉班修既激动又感动，指着奥赛罗说，"就是他蛊惑了我的女儿！"

"是这样吗？他说的是真的吗？"公爵吃惊地转过头看着奥赛罗。

奥赛罗表现得很平静："是的，勃拉班修元老的女儿，的确是我带走的。"

屋里的元老们听到奥赛罗这样说，纷

勃拉班修不顾一切要将奥赛罗和女儿的事公之于众。奥赛罗该怎么办呢？

居心叵测：指人十分险恶，心怀不轨，要做坏事。

封建礼法高于一切。它当时是束缚人们思想观念进步的桎梏和枷锁。

纷<u>交头接耳</u>议论起来。公爵盯着奥赛罗，并没有说话。

交头接耳：
靠在彼此耳边，低声谈论。

　　奥赛罗停顿了一下，接着说："而且我与我深爱的苔丝狄蒙娜，已经成婚了。"

　　"什么！"勃拉班修大叫一声，跌坐在地，气得说不出话来，"你——"

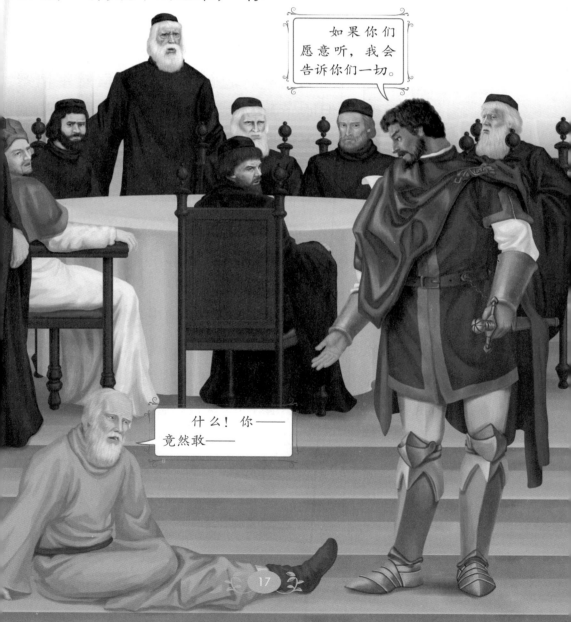

如果你们愿意听，我会告诉你们一切。

什么！你——竟然敢——

奥赛罗平静地说道："我是个粗鲁之人，认识苔丝狄蒙娜之前，我这双胳膊除了战场杀敌、吃喝拉撒之外，没有别的任何用处。是苔丝狄蒙娜让我知道我的双臂除了杀敌之外，还可以拥抱爱人。"

勃拉班修情绪激动，对奥赛罗的解释坚决不信。奥赛罗无奈，只得请求公爵让旗官伊阿古把苔丝狄蒙娜从旅馆接来，让她当面为自己作证。公爵认为虽然军情紧急，但眼下解决威尼斯元老与军队主帅的纠纷要更重要，于是答应了奥赛罗的请求。

"奥赛罗，在苔丝狄蒙娜到来之前，再讲一讲你们恋爱的过程吧。"公爵说。

"遵命，公爵大人。"议事厅内，奥赛罗将自己与苔丝狄蒙娜的恋爱往事娓娓道来。

原来，勃拉班修曾和奥赛罗交情不错，他经常请奥赛罗去家里做客，听对方讲讲战场上的经历。在这个过程中，奥赛罗发现，勃拉班修的女儿苔丝狄蒙娜总是听得最专心的那个，而且一讲到自己受伤或者是身陷危机的时候，这个美丽的女孩总是格外紧张，她瞪大的眼睛仿佛会说话，目光中充满了担心和关切。

Othello

尽管奥赛罗凭借才干当上了军中主帅，但饱经磨难的他深知自己是黑肤色的摩尔人，社会地位太低，而苔丝狄蒙娜出身高贵，内心的自卑令他不敢奢求爱情。

Othello

通过奥赛罗的回忆，我们可以看出他究竟有多么深爱苔丝狄蒙娜。

渐渐地，奥赛罗也开始注意到苔丝狄蒙娜这个美丽的女孩，她的内心是那么单纯，仿佛拥有这个世界上所有美好的东西。奥赛罗开始寻找机会与苔丝狄蒙娜说话，苔丝狄蒙娜也与奥赛罗交谈得越来越多，奥赛罗甚至把自己过去的苦难经历也一五一十地告诉了她。

当奥赛罗看到苔丝狄蒙娜为自己落泪时，这个钢铁一样的硬汉终于动容了。他爱上了眼前这个美丽、善良的女孩儿。但他深知自己的身份，既是异乡人，又是肤色低人一等的摩尔人，他根本就不敢奢望得到苔丝狄蒙娜的爱。

奥赛罗明明很喜欢苔丝狄蒙娜，可是却因为自己的身份变得怯懦了。这说明他内心其实非常自卑，而种族歧视就是造成他这种心理的根本原因。

直到某天，苔丝狄蒙娜对奥赛罗说，如果有个人向自己求爱，他只需像奥赛罗那样讲述自己的身世和经历就可以了。纵使奥赛罗再愚笨，也不可能听不出来什么意思了，于是他鼓起勇气向苔丝狄蒙娜求婚，苔丝狄蒙娜答应了他……

听完了奥赛罗的叙述，公爵和元老们恍然大悟，而一旁的勃拉班修则坐在椅子上呆呆地出神，一语不发。

听完奥赛罗的讲述，固执的勃拉班修不得不放弃之前的无理取闹，无奈地坐在椅子上，等待女儿的到来。

这时，伊阿古带着苔丝狄蒙娜来到了议事厅。苔丝狄蒙娜径直走到了父亲勃拉班修面前，长跪不起。

她说道："您是我心目中最伟大的父亲，我的生命是您给的，您抚养我长大，教我读书，让我明白事理，我愿用一生来报答您对我的付出。我很难过您因为我和奥赛罗的婚事感到困扰，但我无法放弃我的选择，无法放弃我的爱人。现在我既是您的女儿，又是他的妻子。我不但要做一个好女儿，我还要做一个好妻子，希望父亲能尊重我的选择。"

勃拉班修听着女儿的诉说，面无表情，右手不停地摩挲着手指上的戒指。

Othello

苔丝狄蒙娜明知她与奥赛罗在一起会遭到父亲反对，仍然义无反顾地和他相爱、结婚，真是一个勇敢的女孩！但不可否认，她也有些盲目和冲动。

希望父亲能尊重我的选择，接受奥赛罗。

苔丝狄蒙娜又起身向公爵行礼："尊敬的殿下，奥赛罗是一个善良、勇敢、无比认真、负责的人，我对他的爱是发自内心的。过去，我曾无数次幻想自己的爱情和人生，幻想自己的未来。但遇到他之后，我不再幻想了，我变得无比踏实。是奥赛罗，是他的爱造就了今天的我，我再也不想成为别的样子，他是我人生唯一的，也是最后的归宿。"

苔丝狄蒙娜没有因为世俗的眼光及封建父权而退缩，非常坚定地选择和奥赛罗站到一起。我们不禁为她的痴情而感动。

苔丝狄蒙娜的一席话感动了在场的所有人。勃拉班修见女儿主意已定，只得站起身，长叹一声，说："算了，我无话可说。奥赛罗，虽然我有一万个舍不得，可是我更希望我的女儿幸福，我祝福你们，也希望我的女儿选择的这个男人，一生一世都不要辜负她的爱。公爵，我现在心乱如麻，先回去了，你们继续商议吧。"

公爵点点头，温言安慰了勃拉班修一番。勃拉班修有气无力地应付了几句，看着一旁的女儿和奥赛罗，叹了一口气，头也不回地离开了。

勃拉班修的妥协，意味着封建父权的一次溃败，也意味着人性中的"爱"战胜了封建礼法。

阴谋诡计 *Yin mou Gui Ji*

一切尘埃落定后，公爵表情凝重地对奥赛罗说："奥赛罗，土耳其人正在向塞浦路斯大举进犯，虽然那里有我们派驻的总督驻守，可是我与元老们还是不放心，毕竟塞浦路斯的战略意义太重要了，我们一致认为，派你去驻守，才能保证万无一失。所以，恐怕要打扰你

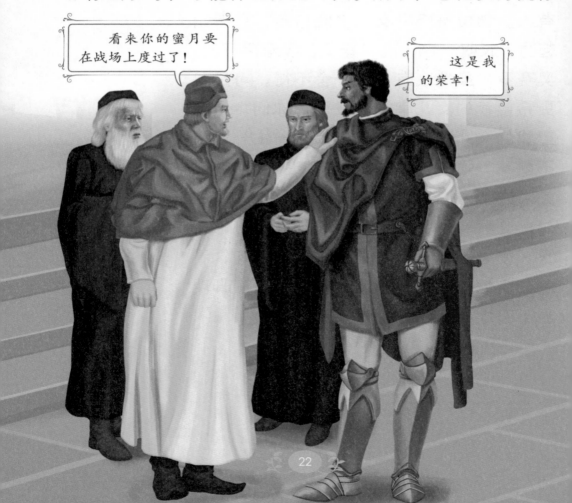

看来你的蜜月要在战场上度过了！

这是我的荣幸！

的新婚蜜月了。"

"作为一个在战争中长大的人，在战场上度过自己的蜜月也是我的荣幸。"奥赛罗微笑着说，"我今天晚上就出发去塞浦路斯，不过，我希望我的妻子苔丝狄蒙娜与我一起赶赴前线，我相信这也是她的意思。"

奥赛罗和苔丝狄蒙娜的爱情和婚姻好不容易得到承认，他们会一直这样幸福下去吗？

"一切由你们做主。"公爵说道，"不过，你需要留下一名属下，明天九点再来议事厅一趟，我想今夜还会有新的情报回来，我们会制定对应的部署对策，到时候让你的属下把后续的决定传达给你。"

"好的，我留下旗官伊阿古，他是多年来我可靠的伙伴，还有，让苔丝狄蒙娜也明天出发吧，由伊阿古来负责护送她。"

奥赛罗没有看穿伊阿古的真面目，对他过于信任，为将来发生的一切埋下了伏笔。

就这样，所有事项都议定之后，会议结束，公爵和元老们都纷纷回家了，奥赛罗则利用自己出发前的这一个小时与苔丝狄蒙娜回到家里互诉衷肠。

夜色更深了，两个人影又蹑手蹑脚地凑到了一起，是伊阿古和罗德利哥，两个人来到僻静的街道，相顾无语。

偷鸡不成蚀把米：比喻本想占便宜反而吃了亏。

"知道什么叫'偷鸡不成蚀把米'吗？"罗德利哥率先打破了沉默，"看看我们都干了点什么？大晚上的不去找乐子，两人傻乎乎地跑去元老那里大呼小叫，就为了让元老半夜爬起来承认女儿跟那个黑鬼的婚姻？我怎么会干出这样的蠢事？"

看到罗德利哥盯着自己，伊阿古忍不住回敬道："你用不着拐弯抹角地骂我！我替你出主意还不是为你好？本来算得好好的能把他们的婚事搅黄，谁承想这么倒霉！那丫头的嘴巴也太厉害了，竟然说服了那个老顽固！"

罗德利哥越想越沮丧，哀号道："我的人生如此失败！我就是个笑话！我还有什么脸面活着？还不如跳进这河里淹死算了！"一边说一边真的就要往河里跳。

伊阿古吓了一跳，死命拖住他，大喊道："你个蠢货！你还真为了个姑娘寻死觅活啊？你以为你真是情圣？你不过就是一时被那姑娘的美色迷了心窍罢了，哪个男人不是这样？真让你得手了，要不了一个月我看你就觉得乏味了！到时候你想想现在的样子就知道自己有多蠢了！你这个七窍不通的蠢蛋！你那脑袋是实心的吗？"

罗德利哥被骂得有点懵，一屁股坐到地上不走了。"好，我不跳河了，那你告

拐弯抹角： 比喻说话、写文章不直截了当。

从伊阿古与罗德利哥的谈话中，我们不难看出，他心里扭曲阴暗，是个十足的小人。

罗德利哥头脑简单，胸无城府，全程一直被伊阿古利用。

诉我，下一步该怎么办？你说呀！"

　　伊阿古撇了撇嘴，"切，你真以为我没辙了？你也太小瞧我了，其实我在下一盘很大的棋，这一切都在我的意料之中！没有什么是我掌控不了的！"

伊阿古渴望把所有人玩弄于股掌之间。

　　"你是在吹牛还是说真的？"听他这么一说，罗德利哥更懵了。

　　"当然是真的！"伊阿古说道，"凡事要会动脑子！懂不懂？"

　　"那你到底有什么计划，说来听听。"罗德利哥又来了劲头。

　　"首先，我告诉你一件事情，注意听啊。"伊阿古开始得意洋洋地卖关子。"前些日子，我有几个傻瓜属下，不知道哪根筋坏了，竟然造谣说我的妻子跟奥赛罗有暧昧关系！"

　　"是吗？怎么暧昧了？到什么程度了？"罗德利哥一下子来了兴致，眼睛都亮了，一个劲儿地追问。

　　"你这蠢猪！闭嘴听我说完！"伊阿古气坏了，照着罗德利哥脑门儿上就是一拳，打得这家伙嗷嗷叫。"我说了这是谣言！谣言懂吗？你这蠢材！"

　　"假的啊？"罗德利哥眼中的失望让伊阿古瞬间又涌起揍人的冲动。

"当然是假的！"伊阿古气鼓鼓地说，"可是，就算知道是假的，那段时间我还是被这个谣言气得不轻，一想起来就生气！一天恨不得跟别人吵一百回架！"

"然后呢？你到底想说什么？"罗德利哥又开始犯懵了。

"我的意思就是，在明知道是假的情况下，这样的流言还是给当事人带来了极大的困扰，这其实就是嫉妒的力量，这力量是很可怕的。"

伊阿古接着说道："嫉妒本来就是一种毒药，虽然在开始的时候尝不到什么味道，可是当它渐渐地在血液里流动起来，就会像硫矿一样轰然爆发。我打算利用嫉妒的力量，让奥赛罗也尝尝失败的味道！"

罗德利哥说："虽然我没有完全明白你的意思，但是听起来觉得很厉害……"

"你这脑子怕是一时半会儿想不明白的，赶紧回家去吧，这件事你只管放心，现在那个黑鬼是咱们共同的敌人，咱俩是最铁的同盟，只要我的计划能顺利实施，我保证让你给那黑鬼戴上一顶精致的绿帽子！"伊阿古得意洋洋地说道，"你明天早上来我家找我，记得多带些票子！"

人面蛇心的伊阿古，很会洞悉人的心理，称得上是一个高明的作恶者。

嫉妒是一种毒药！这个比喻十分贴切，突出了危险思想的可怕之处。

伊阿古实在是太可怕了！奥赛罗会落入他设下的圈套里吗？

诡计多端的伊阿古要着手实施他的罪恶计划了，真替奥赛罗和苔丝狄蒙娜担心啊。

一石二鸟：比喻一个举动达到两个目的。在这里也可以用"一举两得"表示。

罗德利哥离开之后，伊阿古一边往家走一边不停地在脑子里盘算："奥赛罗的副将凯西奥好像天生女人缘不错，这可是帮了我的大忙，我接下来要让所有人觉得那黑鬼的老婆看上了这个小白脸。那个头脑简单的黑鬼，虽然大多数时候就像一头倔驴，可这世上的驴哪一头不是被人牵着鼻子走？在我绝顶聪明的伊阿古面前，他只有被牵着鼻子团团转的份儿！"

想到这里，伊阿古不禁有些得意，他觉得自己实在是太聪明了，竟然想到了这么绝妙的主意，不但可以搞掉凯西奥，让自己当上副将，还可以满足罗德利哥那个蠢货的愿望，借机让他掏出更多的票子，简直是一石二鸟！回家的路上，伊阿古越想越开心，几乎要手舞足蹈了。

第二天，伊阿古护送苔丝狄蒙娜前往塞浦路斯，这是一场并不算短的旅程，他的妻子爱米莉亚作为苔丝狄蒙娜的贴身侍女一路

我真是太聪明了！

同行。罗德利哥则花钱打通了关系，也混到了船上。

　　船队一路平安，在快要抵达塞浦路斯时，遇上了风暴，好在风暴已经接近尾声，大家有惊无险地抵达目的地。

　　然而，满心欢喜的苔丝狄蒙娜并没有见到自己的丈夫奥赛罗，只有副将凯西奥与塞浦路斯总督蒙太诺在码头迎接，询问后才得知，奥赛罗在海上遭遇了风暴，下落不明。

苔丝狄蒙娜并没有见到奥赛罗。莎士比亚笔下的剧情一波三折，扣人心弦。

　　得知这个情况，苔丝狄蒙娜担心不已。在来的路上，她看到了不少被风暴摧毁的船只残骸。伊阿古告诉她，那都是土耳其人的船只，并没有奥赛罗船队的，她才放下心来。可没想到，自己刚上岸，却得到这样一个坏消息。

　　副将凯西奥看到苔丝狄蒙娜担心的样子，安慰她："夫人请不要担心，主帅船队的船长们都是威尼斯最出色的，船也是最大、最坚固的，这样的风暴对他们来说并不是大问题，可能是航向受到了影响，耽误时间了，请夫人耐心等待，不要惊慌。"

凯西奥是一个非常善良的人，对奥赛罗也十分忠诚。但他还不知道自己已经被坏心眼的伊阿古盯上了，这可真是糟糕！

　　"我还是不放心，我要在码头上等他。"苔丝狄蒙娜说道。

"那我们与夫人一起在码头等候吧，这里距离瞭望台近，如果有什么消息，我们也好第一时间获知。"凯西奥看苔丝狄蒙娜坚持，只好同意了。

这一等就是三天，奥赛罗的船队始终杳无音信。眼看无比焦急的苔丝狄蒙娜每天茶饭不思，副将凯西奥每天都在码头陪伴，并吩咐侍女爱米莉亚一定要劝夫人多吃东西，保重身体。

伊阿古每日看着码头上副将凯西奥与苔丝狄蒙娜的身影，不住地盘算自己的计划。这天，他与罗德利哥又在码头上窃窃私语："你看那个小白脸副将这两天大献殷勤，天天在苔丝狄蒙娜身边晃悠，我可是看出来了。"

"看出来什么？"罗德利哥问。

"一个年轻英俊，一个貌美如花，这两个人天天凑在一起，我看是……哼哼……"

"你别胡说，苔丝狄蒙娜不是那样的女人！"罗德利哥这下听懂了，他坚决不允许别人说自己心中女神的坏话。

"切！"伊阿古对罗德利哥的反驳不屑一顾，"哪样的女人？你快仔细看看，你奉若女神的那个姑娘，已经被黑鬼骗走了！

> 等待奥赛罗的过程中，苔丝狄蒙娜可以说是"心急如焚""坐立不安"。

> 伊阿古深知罗德利哥对于苔丝狄蒙娜的执念，刻意说一些激怒对方的话。对此毫不知情的罗德利哥正逐渐落入伊阿古精心设计的陷阱里。

甚至为了和那个黑鬼结婚，苔丝狄蒙娜不惜骗了她的父亲！啧啧，你说她高尚吗？圣洁吗？"

罗德利哥虽然不服气，但思前想后，竟然无法反驳……

"你看，他们两个多亲热。"伊阿古口沫横飞。

在伊阿古的引导下，罗德利哥从不信，到怀疑，再到愤怒，情绪一点一点地发生着变化。

"那是吻手礼！"罗德利哥忍不住说道。

"都是胡扯！也就只有你还傻乎乎地在这自欺欺人。"伊阿古接着嘲弄道。

罗德利哥脸上青一阵红一阵，狠狠地盯着远处的两个人影，又没了主意。

奥赛罗怎么还是没有消息？

看到时机成熟，伊阿古对罗德利哥说道："我这次费尽周折把你也带来，是有考虑的，你只要听我的安排，我保证让你得偿所愿。"

"行，我都听你的。"罗德利哥扭头对伊阿古说。

说来话巧，当天下午，奥赛罗的船队就到了，当时的风暴把他们吹离了航线，绕了一个大圈子才兜回来。不过好消息是，他们在绕远的途中接近了土耳其人的船队，发现土耳其人不幸遭遇了风暴最猛

Othello

罗德利哥还以为伊阿古是为了他好，实在太天真了。那么接下来，可恶的伊阿古又会怎么利用罗德利哥这颗棋子呢？

你怎么说我怎么做，我都听你的。

烈的中心区域，整个船队都被风暴摧毁了。也就是说，这次的战事危机被一场大风暴给解除了！

奥赛罗所带领的船队本来要与土耳其船队正面厮杀，没想到一场大风暴帮了他。这个剧情反转真是让人意想不到。

听到这个好消息，塞浦路斯总督蒙太诺大喜过望，称赞奥赛罗简直是塞浦路斯人民的福星，要设宴为奥赛罗主帅接风洗尘。而终于与妻子团聚的奥赛罗也心情大好，宣布当晚全城欢庆，一要欢庆军事危机的解除，二要欢庆主帅的新婚之喜，从下午5点到晚上11点全城的美酒都要无限量供应！

得知这一消息，军队和民众<u>欣喜若狂</u>，纷纷走上街头，说这是天佑塞浦路斯，灭掉了土耳其人的船队，这是上天在祝福塞浦路斯岛和尊贵的元帅奥赛罗！

奥赛罗终于和妻子相聚了，到处都是一片欢乐祥和的景象。然而，一场精心策划的阴谋正在向他们"逼近"。

船上的杂物间里，伊阿古和罗德利哥又凑到了一起。

欣喜若狂：形容高兴、兴奋到了极点。

"我终于可以实施我的计划了！"伊阿古对罗德利哥说，"今天晚上大家都要敞开了喝酒，这是咱们的大好机会！"

"说吧，我该怎么做！"罗德利哥刚才看到奥赛罗宣布欢庆之后搂着苔丝狄蒙娜进了内室，心里就像猫抓一样不得安宁，他迫不及待地要实施报复计划了。

"晚上我会安排你去值班，凯西奥不认得你，你就以普通士兵的身份去接近他，我也会想办法待在他身边，并且尽量把他灌醉。到时候你看到我的示意之后，就故意上前去激怒他，最好让他动手打你。"

"什么？"罗德利哥听到这儿瞪大了眼睛。

"你放心，我不会让你挨揍的，到时候只要他一动手，你就立刻使出吃奶的力气给我喊，就说副将大人喝醉了打人了！快要把你打死了！你喊的声音越大越好，一定要使出吃奶的力气喊，明白吗？"

"我照你说的做就是了。"罗德利哥虽然还是有点不明就里，但很爽快地答应了。

伊阿古从杂物间的酒柜里拿出两瓶酒，一瓶递给罗德利哥："来，为我们的合作，为你的姑娘，干杯！"

你要想办法让凯西奥打你。

什么？

酒局解职

Jiu Ju Jie Zhi

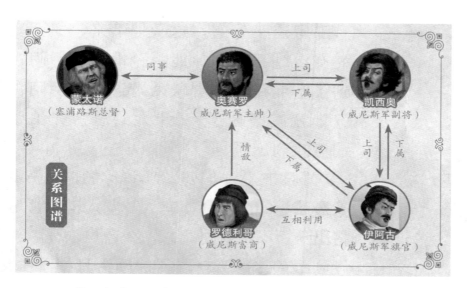

关系图谱

蒙太诺
（塞浦路斯总督）　　同事　　奥赛罗
（威尼斯军主帅）　　上司／下属　　凯西奥
（威尼斯军副将）

情敌　　上司／下属　　上司／下属

罗德利哥
（威尼斯富商）　　互相利用　　伊阿古
（威尼斯军旗官）

伊阿古与罗德利哥在杂物间密谋之后，就分头行动了。伊阿古拿着酒在奥赛罗的房间附近转悠了一圈，果然碰到了凯西奥。"我的副将，咱们干一杯！"伊阿古满脸堆笑，冲过去拥抱凯西奥。

"咱们是双喜临门，也不用打仗了，主帅的婚礼也有了。"一想起土耳其船队不攻自溃，凯西奥就开心得不得了，"可是我真不能再喝了，你看看我这脸，

Othello

伊阿古表面上装得热情、忠厚，实则戴着伪善的面具，内心极其奸猾。这个人物被莎士比亚刻画得入木三分，栩栩如生。

本来就不能喝酒，刚才被弟兄们硬灌了一碗下去，我还吐了不少，就这都已经晕了。"

"这大喜的日子不晕，你还想等什么时候晕？"伊阿古<u>不依不饶</u>，又让凯西奥喝了一大口，然后拉着他跑到其他几位军官那里走了一遭。这一趟下来，凯西奥真的有点站不住了，他踉跄地跟着伊阿古来到了塞浦路斯总督蒙太诺这边。伊阿古远远地就高声喊道："伟大的总督先生！我们可找到您了！"

"原来是你们呀，听说你们是奥赛罗手下最英勇的副将和旗官！"蒙太诺总督是武将出身，不仅身材高大，声音也洪亮，人还没到跟前，声音就震得伊阿古耳根子生疼。他笑着拿过酒杯，高声道："来，让我们为威尼斯最勇猛的元帅，以及塞浦路斯最伟大的福星奥赛罗干一杯！祝福我们的元帅奥赛罗新婚愉快！"

凯西奥和伊阿古冲总督行礼，然后各自又灌了一大口酒。伊阿古一边与总督说话，一边暗中留神凯西奥，看到凯西奥已经是醉眼惺忪，脚步踉跄，他心里暗喜："这个小白脸果然没有说谎，确实是个沾酒就醉的家伙，且让我再灌他两杯，好看着他出丑，哈哈。"

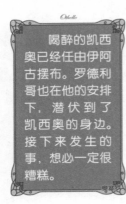

不依不饶：
形容不如愿就纠缠不完。

在伊阿古的策划下，凯西奥喝醉了。显然，伊阿古决定要执行自己的计划了。

喝醉的凯西奥已经任由伊阿古摆布。罗德利哥也在他的安排下，潜伏到了凯西奥的身边。接下来发生的事，想必一定很糟糕。

　　两人与蒙太诺总督酒过三巡，伊阿古看时机差不多了，就对凯西奥说："凯西奥！你都醉成这样了，回房休息一会儿吧，免得一会儿在总督大人面前出丑。"

　　"你也忒小看我的酒量了！"凯西奥此时是真醉了，而且还醉得不轻，因为伊阿古一个劲儿地起哄让他这个副将与总督的几个手下碰杯，碰来碰去，凯西奥自己都碰迷糊了，也不知道哪个碰过哪个没碰过了，有来必应，喝得一塌糊涂。

　　可是听到伊阿古这样说，凯西奥还是不服气，他瞪着充满血丝的眼睛，口齿不清地说："旗官还没倒下，我怎么会喝倒？我清醒得很！不信你看，这，是我的左手！这，是我的右手！我站得稳不稳？你们站好了看，别动！

我还能走直线！你们让开……"

"总督大人，让您见笑了。"伊阿古一边拉着走不稳当的凯西奥，一边吩咐几个随从："快，你们几个扶副将大人去房间休息！一定要照顾好副将！"

一个随从上前接过凯西奥，搀扶着走了出去，这人不是旁人，正是罗德利哥。他临走前看了伊阿古一眼，伊阿古悄悄冲他意味深长地点了点头。

送走凯西奥，伊阿古对蒙太诺说道："唉，让总督您见笑了，我们这个副将，哪里都好，就是这个毛病改不掉。"

"哦？喝酒的毛病吗？"蒙太诺问。

"岂止是喝酒，简直是酗酒了，几乎是天天如此，哪天晚上不喝醉了，连觉都不睡！"伊阿古添油加醋地说了起来。

"还有这样的事？"蒙太诺皱了皱眉头，"你们主帅平时也不管他吗？"

"总督你有所不知呀，"伊阿古继续用他的<u>三寸不烂之舌</u>编瞎话，"凯西奥副将能力很强，论带兵打仗，没有人不服他，他就是仗着这一点不把主帅放在眼里，主帅度量大，也不怎么和他计较，可是我是个爱操闲心的人，总是害怕他这个样子，

没有一丝心机的凯西奥与步步为营的伊阿古形成了强烈对比。

三寸不烂之舌：指拥有能言善辩的口才，形容能说会道。

万一哪一次在战场上出了问题，连累的可是整个军队甚至整个国家啊。"

伊阿古一边说一边叹气，把"痛心疾首"这几个字演绎得淋漓尽致。蒙太诺总督完全被他感动了，举起酒杯正色道："来，让我敬你一杯，你身为旗官，却比副将更有责任心，更关心国家，我敬你是条汉子！"说着一饮而尽。

伊阿古暗自得意，一边假意说些谦虚的话，一边偷偷往门口方向瞟。果然，外边突然喧嚣起来，像是菜市场里的无赖打起来了，大呼小叫的。

伊阿古巧言令色，一番肺腑之言，使总督彻底感动了。他在总督心目中成了一个富有正义感和责任感的人。再结合前面伊阿古策划阴谋时的表现，他险恶、两面三刀的人物形象跃然纸上。

蒙太诺总督也注意到了，他刚要问手下是怎么回事，就见一个人影冲进来，赶紧躲在伊阿古身后，一边吓得瑟瑟发抖一边大喊："旗官大人救我！"

"怎么回事？"伊阿古和蒙太诺总督几乎同时问道。

毫无疑问，来人正是罗德利哥。那么，事情会朝着伊阿古期待的方向发展吗？

"是……是副将大人，"蒙太诺认出来了，躲在伊阿古身后的正是刚才那个被派去送凯西奥副将回房间休息的士兵，这一会儿工夫，已然被打成了熊猫眼。他一边哭一边诉苦，"我只是看不过副将大人喝得太醉，随口说了他两句，他就把我打成

这样！还要杀了我！"

这时外边又一阵喧闹，又一个人冲了进来，不是别人，正是凯西奥。只见他脚步踉跄，<u>眼睛瞪得像灯笼那么大</u>，恶狠狠地冲着伊阿古背后的那个士兵大吼："你给我站住，看我不撕烂你的嘴！我今天非把你打进酒瓶子里去！"

眼看凯西奥要冲过来打身后的罗德利

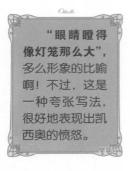

"眼睛瞪得像灯笼那么大"，多么形象的比喻啊！不过，这是一种夸张写法，很好地表现出凯西奥的愤怒。

放肆！你怎么敢……敢打我？

你以为你是谁？今天就让你见识见识我的厉害！

哥，伊阿古慌忙拉着他在房间里闪躲，故意往蒙太诺总督身后绕，一边大喊："快拉住副将！副将又发酒疯了！"

此时凯西奥已经完全没有正常意识了，他可不管面前的人是谁，只要挡着他追那个士兵的，他统统打过去。总督蒙太诺再也看不下去了，他大喝一声："这里是塞浦路斯！容不得你放肆！给我住手！"

凯西奥吓了一跳，愣了愣神，马上又冲上去，嘴里骂骂咧咧地说："老子不是吓大的！你吓唬谁啊？"

蒙太诺总督与凯西奥爆发激烈冲突，他们都被可恶的伊阿古利用了。事情发展到这一步，伊阿古才是最大的受益者。

蒙太诺大怒，伸手就打了他一个大嘴巴，两人顿时扭打在一起。屋子里也乱了套，有打的有拉的，杯子与椅子齐飞，酒瓶与帽子共舞……趁这个机会，伊阿古对身后的罗德利哥说："你现在赶紧出去，用你最大的嗓门，就说副将跟总督打起来了！出乱子了！再去把钟楼的钟给我敲起来！叫来的人越多越好！快去！"

蒙太诺总督与凯西奥打斗的场面可以说是"惊心动魄""混乱至极"。

罗德利哥一溜小跑出去了，伊阿古则继续假装劝架，眼看着凯西奥烂醉之后不管不顾，拳头一个劲儿地朝蒙太诺总督的脸上、身上打去，他暗中欢喜，这正是他想要的效果。

伊阿古与几个属下费了九牛二虎之力，终于将蒙太诺和凯西奥两人拉开了，这时才发现，蒙太诺的头上不停地冒着鲜血！大家七手八脚地按住伤口，赶紧派人出去喊军医。

几个人来到外边才发现，房间几乎被围了起来。有醉醺醺的士兵，还有拿着酒杯的市民，也有并没有喝酒一看就是刚被叫醒的女人和老人。他们都围在门外，瞪着眼睛看着从屋里冲出来的这几个人。

奥赛罗赶来了！他见到如此混乱的局面，究竟会怎么处理烂醉如泥的凯西奥呢？

伊阿古大声对围观的人喊道："都让开都让开！总督大人受伤了！快叫军医来！"

"出什么事了？"突然一声大喝在众人头上炸开，人群一下安静了下来。只见主帅奥赛罗披着衣服，大步流星走了过来，他老远就看到了人堆里边脑袋冒血的蒙太诺，边走边大声问："总督大人怎么了？要不要紧？去叫军医了吗？"

"禀告主帅，已经叫人去喊了。"伊阿古赶紧迎上去。

奥赛罗理智、公正、有魄力，并没有因为身份高低而偏袒任何一方。不过，可惜的是，他却被花言巧语的伊阿古给骗了。

奥赛罗看着他身后受伤的蒙太诺和鼻青脸肿的凯西奥，很是吃惊，说道："怎么是凯西奥？怎么喝成这个样子！"

说完，他又扭头看着蒙太诺："总督

大人，您身居高位，知书达理，怎么像街头流氓一样与人打成一团，这成何体统？岂不是让市民笑话！怎么外敌平息了，你们却搞起内乱来了？"

奥赛罗越说越生气，在场的士兵们见主帅生这么大气，吓得都不敢吱声，有的已经开始脚底抹油<u>溜之大吉</u>了。

蒙太诺此时已经平静了下来，他捂着脑袋冲伊阿古努了努嘴："尊敬的元帅，您信任的手下自然会向您解释一切。我只是自卫而已。"说完就随军医一起离开了。

"伊阿古！你说！到底是怎么回事？"

溜之大吉：
指偷偷地逃走。

总督大人怎么了？不要紧吧？

奥赛罗冲伊阿古呵斥道，"你只需要说明事实情况，如果敢偏袒其中任何一方，就把这身军官服给我脱下来！"

凯西奥被撤职了，伊阿古长久以来积聚在心中的恨意终于得到了纾解。那么，接下来他又将使出什么鬼把戏？奥赛罗和苔丝狄蒙娜的爱情又将何去何从？

"请主帅放心。"伊阿古低着头回答道，心里却暗自得意。然后隐藏了自己和罗德利哥，把凯西奥醉酒后发生的一切讲了一遍。

"好了！"奥赛罗怒瞪了一眼旁边瘫坐在地上胡言乱语的凯西奥，然后对所有人大声说道："副将凯西奥，行为不端，贪酒误事，扰乱军心，即刻起撤去副将一职！等候处理！"说完，他看也不看地上的凯西奥，转身离开了。

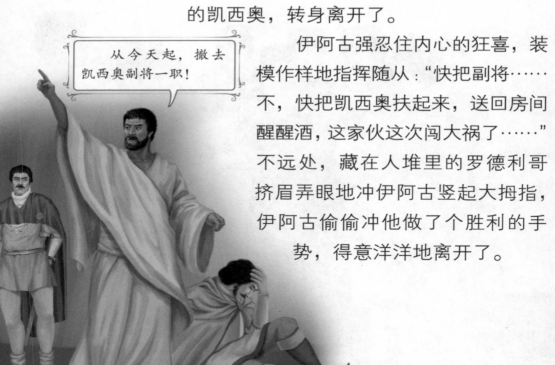

从今天起，撤去凯西奥副将一职！

伊阿古强忍住内心的狂喜，装模作样地指挥随从："快把副将……不，快把凯西奥扶起来，送回房间醒醒酒，这家伙这次闯大祸了……"不远处，藏在人堆里的罗德利哥挤眉弄眼地冲伊阿古竖起大拇指，伊阿古偷偷冲他做了个胜利的手势，得意洋洋地离开了。

搬弄是非

Ban Nong Shi Fei

房间里，凯西奥迷迷糊糊地醒过来，头痛欲裂。窗帘拉得很严实，也不知道是白天还是黑夜，也不知道自己睡了多久，想要翻个身，一动才发觉浑身像散了架一般，没有一个地方不疼的。突如其来的疼痛让凯西奥呻吟了一声，一咧嘴，发觉整张脸竟然也都在疼……凯西奥有点懵了。

这时房门开了，一道刺眼的阳光照了进来，凯西奥忍不住要眯起眼睛，却发现连眯眼睛这个动作带来的也是<u>撕心裂肺</u>的疼，他忍不住又呻吟了一声。

"副将你……凯西奥大人你醒了！"是个女子的声音，凯西奥眯着眼睛看了半天，才认出是伊阿古的妻子爱米莉亚。

"你……你不是主帅夫人的侍从吗？"凯西奥认出了她。

"正是，是夫人听从伊阿古大人的建议，把我派来照顾您的，大人。"爱米莉

看来凯西奥已经完全不记得发生了什么事。

撕心裂肺：形容疼痛到了极点，也可指某事令人极度悲伤。

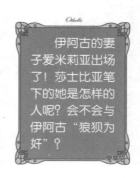

伊阿古的妻子爱米莉亚出场了！莎士比亚笔下的她是怎样的人呢？会不会与伊阿古"狼狈为奸"？

亚回答道，"您伤得太厉害了，喝酒喝得太多，整整睡了一天一夜！"

"啊？我还有巡视的任务在身呢！"凯西奥吃了一惊，顾不得疼痛，强行撑起身体，无奈努力了半天也没站起来。爱米莉亚赶紧过来扶住他说："您一天一夜没吃也没喝了，肯定没有力气，别着急，我去给您倒点水。"

这时门又开了，进来的是伊阿古。"你醒了？"伊阿古看到凯西奥睁着眼，有些吃惊，"你可算醒了，你知道自己闯了多大的祸吗？"

"闯祸？"凯西奥还处于懵的状态。

"你不再是我们的副将了，唉！"伊阿古假惺惺地叹

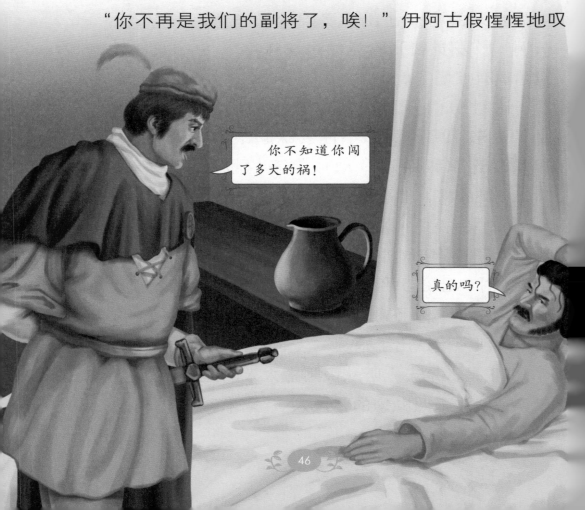

息道。

"啊？！"凯西奥吓了一跳。

"你那天追着一个士兵说要杀死他，然后又跟蒙太诺总督打了起来，你看看你身上、头上的伤，我只能告诉你，总督大人比你伤得重，你自己想吧。"

凯西奥张大嘴巴，一句话也说不出来。

"你当时为什么要追着打那个士兵？"伊阿古问道。

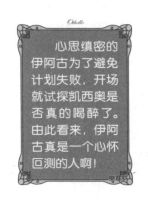

心思缜密的伊阿古为了避免计划失败，开场就试探凯西奥是否真的喝醉了。由此看来，伊阿古真是一个心怀叵测的人啊！

"我……"凯西奥使劲挠着脑袋，"我真是记不起来了，我头疼得都要裂开了……"

听到凯西奥这么说，伊阿古松了一口气，心想："看来他并不记得罗德利哥，这我就放心了。"

"主帅大人是在众人面前宣布你免职的……"伊阿古假装一副无比难过的样子说道，"你先不要担心，当时主帅是气坏了，也许过一段时间，他消了气，就又会重新让你当回副将的。"

在伊阿古的"引导"下，凯西奥正慢慢踏入对方精心编织的致命罗网。

"我该怎么办？怎么会这样啊？"凯西奥沮丧地捶着自己的脑袋。

伊阿古又开始使出自己三寸不烂之舌的本领："眼下主帅还在气头上，谁也不敢向他求情，除了一个人。"说到这里他停顿了一下，"那就是主帅夫人，苔丝狄蒙娜。我敢打赌，主帅这种<u>骁勇善战</u>的男人，巴不得天下人都得听他的，可一关上门，他就只听夫人一个人的话。哈哈！"

"你是说，让苔丝狄蒙娜帮我去求情？"凯西奥总算开始明白了。

"是啊，我看主帅夫人也挺关心你的，你昏睡时她还来看过你一次，爱米莉亚向她请假说来照顾你，她想都没想就同意了。她肯定会帮你向奥赛罗求情的。"

"好吧，谢谢你的建议，伊阿古！"凯西奥一边说着，一边忍着疼起身站起来，看到他龇牙咧嘴的样子，伊阿古说："你先在屋里稍微走动一下缓一缓，我让爱米莉亚悄悄去看看主帅夫人在哪里。"

"谢谢啊！"凯西奥觉得伊阿古真是个热心的人，如果自己能官复原职，以后一定会好好报答这个旗官搭档。

过了一会儿，爱米莉亚匆匆回来了，"凯西奥大人，您赶快随我来，伊阿古拉着主帅去视察防务了，我向夫人说了您的事，她很同情你，愿意见你一面。"

"太好了！"凯西奥没想到事情如此顺利，慌忙随爱米莉亚来到主帅厢房门外，

骁勇善战：形容十分勇猛，善于战斗。在文中也可以用"有勇有谋"来表示。

不明所以的凯西奥居然觉得伊阿古很热心，是在帮助自己。他实在太不了解伊阿古了。

凯西奥和苔丝狄蒙娜秉性纯良，为人光明正大，丝毫没有意识到伊阿古的阴谋。

苔丝狄蒙娜已经在那里等了一会儿了。

"非常感谢您能来见我，"凯西奥像看到了救星一样激动，"请一定要帮我在主帅面前求求情，拜托了。"

"您的事情我都知道了，而且我觉得主帅他还是念着旧情的，只是，这次你闯的祸太大了，总督大人头上的伤很重，城内议论纷纷，都说奥赛罗主帅带来的副将是个酒疯子，这影响到了军心，主帅很是恼火。"

"唉，都是我贪杯的错啊，我后悔死了。"凯西奥揪着头发，悔恨不已。

苔丝狄蒙娜看到凯西奥这个样子，很是同情，对他说："您也不要太着急了，我会替您在主帅面前求情的，我觉

夫人，请您一定要帮我跟主帅求求情。

得主帅也是碍于局势，不处罚你，在总督大人他们那里不好交差，也许过一段时间，他会重新起用您的，放心吧。"

听苔丝狄蒙娜这样说，凯西奥的心里稍微好受了一点，这时爱米莉亚在一旁催促说："主帅可能快要回来了，夫人赶快回房吧，免得主帅看到误会。"

凯西奥于是又道了谢，匆匆离开了。

城墙之上，主帅奥赛罗与伊阿古视察完防务，正在往回走，伊阿古突然"咦"了一声，探头张望。

"怎么了？"奥赛罗一边问一边朝伊阿古张望的方向看去，隐约看到了妻子苔丝狄蒙娜正在与一个男人道别。

单纯善良的苔丝狄蒙娜十分同情凯西奥，决定去给他求情。这正是伊阿古所希望的。

你在这里等我，我去去就来！

哈哈，这个黑鬼上当了！

"那是凯西奥？"奥赛罗问伊阿古。

"应该是的，主帅。他才刚酒醒没多久，就匆匆跑到这里干什么？"伊阿古装出一副疑惑的样子。

"你就在这里等我。"奥赛罗扔下一句话，匆匆回去了。

看着奥赛罗匆忙离去的背影，伊阿古嘴角露出一丝不易觉察的笑意："我就知道，这个头脑简单的黑鬼起疑心了，接下来是我表演的时间了！"

过了一会儿，奥赛罗回来了，脸上表情有些复杂。"刚才的人应该就是凯西奥，我一回去，苔丝狄蒙娜就向我替他求情，让我尽快恢复他的副将职位。"

"那看来是凯西奥托她向您求情了。"伊阿古说道，"夫人没有提起这个吗？"

"她没有明说。"奥赛罗若有所思。

"主帅，我一向对您忠心耿耿，您是知道的。"伊阿古突然说。

"哦？这个当然不用说，我知道。"奥赛罗有些意外，"怎么突然说起这个？"

"属下有几句话想问，又怕主帅您不高兴，但我都是为了您好，没有别的意思。"

"我知道，你要问什么，说吧。"奥

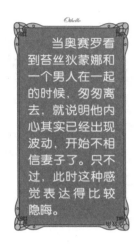

当奥赛罗看到苔丝狄蒙娜和一个男人在一起的时候，匆匆离去，就说明他内心其实已经出现波动，开始不相信妻子了。只不过，此时这种感觉表达得比较隐晦。

"嘴角露出一丝不易察觉的笑意"生动突出了伊阿古阴险、狡诈的性格特征。

赛罗说道。

"凯西奥与夫人原本就认识吗？就是您和夫人恋爱的时候，甚至更早。"

听到伊阿古这样问，奥赛罗有些意外，他想了想，说道："他们是认识的，因为在我们恋爱的时候，苔丝狄蒙娜父亲的反对，使我们并不能常常见面，我因此经常让他替我送信给苔丝狄蒙娜。"

"噢，那您对凯西奥这个人了解得多不多？"伊阿古问。

"这……私底下倒是不多，更多的是公务上的交流，他办事还是比较可靠的。"

"这样啊。"伊阿古做出一副欲言又止的样子。

"你有什么话只管说。"奥赛罗也看出来了。

"如果我说了什么对您和家人不敬的话，我在这里先向您道歉，主帅。"伊阿古向奥赛罗弯腰行礼，脸上一副

伊阿古猜透了奥赛罗的心思，以出色的演技，表现出欲言又止的模样，勾起了奥赛罗的好奇心，为他下一步的阴谋作铺垫。

主帅，如果我说了什么过分的话，我先向您道歉。

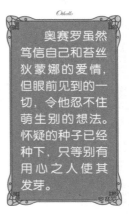

为难的神情。

奥赛罗大声说："谁对我忠心，谁<u>心怀叵测</u>我还看不出来吗？你放心！"

伊阿古心里暗暗发笑："你这个头脑简单的家伙，竟然也敢夸这样的海口！"但是他嘴上却是满满的奉承："主帅英明！我只是想对您说——请主帅多留意凯西奥和夫人的联系，这个很重要。"

"你的意思是说……他们……？"奥赛罗大为意外。

"主帅，我相信您的判断力，我只是提醒你注意一些事情，这些事情背后有些什么含义，主帅您自然会有自己的判断。"说完，伊阿古就匆匆告退了。

奥赛罗满腹狐疑，他并不相信伊阿古的判断，因为他相信苔丝狄蒙娜是真心爱自己的。可是刚才苔丝狄蒙娜与凯西奥匆忙道别的样子，又确实可疑。思前想后，奥赛罗决定自己留心观察一番。

回到住处，苔丝狄蒙娜一眼就看出奥赛罗心事重重，但是奥赛罗只告诉她，说是公务上的烦恼，信以为真的苔丝狄蒙娜就继续替凯西奥求情。但这次在奥赛罗听来，却分外刺耳，他总忍不住去想伊阿古

> **心怀叵测：**
> 指内心险恶，不可推测。类似的词语还有"居心叵测""图谋不轨"等。

> 奥赛罗虽然笃信自己和苔丝狄蒙娜的爱情，但眼前见到的一切，令他忍不住萌生别的想法。怀疑的种子已经种下，只等别有用心之人使其发芽。

的话，还有他欲言又止的神态。这件事情难道真的没那么简单？

愤怒的火种在奥赛罗的心中慢慢燃起，也说不上为什么，他曾经遭受的无数耻辱都浮上心头：从小流离失所，受尽欺负，长大后因为肤色的缘故，被人骂"黑鬼"和"下贱的摩尔人"，这些他都忍下来了，也凭着自己的努力一步一步坐上了主帅的位子。这么多年来，对于轻视和辱骂，他已经无所畏惧，任何人的轻贱都不会再让他轻易燃起怒火，因为他知道自己已经足够强大。

可是这一次，他发现自己竟然败在了愤怒面前，即便是那么一件尚未经过证实的事情，他也完全无法把它放到一旁。潜意识中，被最亲近的人背叛的那种异样的感觉，说不上来是悲伤、愤怒还是嫉妒，冲昏了他的头脑，让他坐立不安。

奥赛罗回到军营，又找到了伊阿古，两个人来到僻静处，奥赛罗发话了："伊阿古，你刚才所说的话，我不是不信你，只是我有个原则，凡事一定要有证据，才能下结论。这是我多年以来带兵打仗的原则，也是我做人的原则。"

表面上奥赛罗身居高位，已经变得足够强大。但其实他从未忘记过去自己所遭受的不公平对待。因为这件事，曾经备受欺辱的点点滴滴一下涌上心头，自卑敏感的奥赛罗开始被这种狭隘的想法所左右。

先入为主的奥赛罗被愤怒和嫉妒冲昏了头脑。接下来，他会怎么做？

　　"我完全明白您的意思，主帅。"看到奥赛罗的神情，伊阿古知道自己的计划已经有了效果，他不动声色地说道，"我会拿出真凭实据的，请主帅耐心等待。"

　　奥赛罗瞪着他，一字一句地说道："伊阿古，如果你能拿出真凭实据，我一定会重重地赏你，甚至让你坐上副将的位子。但是，如果你撒谎的话，我会宰了你！"

　　"属下当然明白。"伊阿古慌忙答应道，其实他心里一点也不慌，他知道，这个头脑简单的家伙已经上钩了。

我没有信口胡说，一定会拿出真凭实据的。

手帕疑云 *Shou Pa Yi Yun*

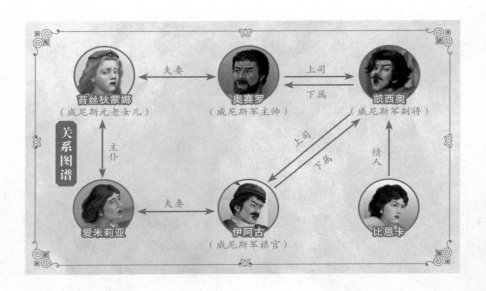

关系图谱

- 苔丝狄蒙娜（威尼斯元老女儿）——夫妻——奥赛罗（威尼斯军主帅）
- 奥赛罗——上司/下属——凯西奥（威尼斯军副将）
- 苔丝狄蒙娜——主仆——爱米莉亚
- 奥赛罗——上司/下属——伊阿古（威尼斯军旗官）
- 凯西奥——情人——比恩卡
- 爱米莉亚——夫妻——伊阿古

Othello
伊阿古没有询问，就认为手帕是别的男人送给妻子的。可见他连自己的妻子都不信任，内心极度扭曲阴暗。

Othello
大模大样： 形容满不在乎、傲慢的样子。

伊阿古送走了奥赛罗，回到家里，他的妻子爱米莉亚已经回来了，却没有去厨房做饭，而是坐在桌子旁仔细端详手里的一件东西。

"你这个懒婆娘！"伊阿古没好气地说道，"我这肚子早就饿得叫起来了，你却<u>大模大样</u>地在这歇着，赶紧去做饭！"

爱米莉亚白了他一眼，把手里的东西收进怀里，起身要去厨房。

"且慢！你手里拿的什么？给我看看！"

伊阿古说道。

　　"是个手帕，有什么好看的。"爱米莉亚答道。

　　"是哪个男人送给你的？"伊阿古立刻变了脸色，说道。

　　"什么男人！这是夫人的手帕！"爱米莉亚气坏了，拿出手帕给伊阿古看。"你看，这上面绣的是希腊的图案，是主帅当年的战利品，威尼斯人是不绣这种图案的。"

　　伊阿古接过手帕看了看，心头一阵狂喜："这手帕可是个好东西啊，自己的计划中有了这条手帕，就更完美了，简直是天助我也！"

他把手帕收入怀里,爱米莉亚见状伸手要拿回去,说:
"你还给我,我方才在夫人房间外边捡到的,怕打扰夫人
休息就没有立刻还给她,你不能拿走。"

"闭嘴!这件事情不许再提,不要让别人知道你捡到
了这手帕,我拿来有用的,很重要,你一定不要多嘴啊,
要是说出去坏了我升职的大事,我拿刀抹了你的脖子!"
伊阿古恶狠狠地说道。

爱米莉亚不敢跟他争,只好嘟囔着去做饭了。

伊阿古却又想起了另一件事,他顾不上吃饭,匆匆
跑到凯西奥的住处,果然看到一个女人进了凯西奥的房
间。他知道,这是城里的一个娼妓,最爱勾搭凯西奥这
样的小白脸军官,前些日子就见到凯西奥去找过她。

看到这里,一个邪恶的计划在伊阿古脑海里跳了出
来,他匆忙找到了奥赛罗,带着对方来到凯西奥的住处。
当时,天已经开始黑了,伊阿古小声对奥赛罗说:"要委

屈主帅了，您悄悄躲在这里，可以听到房内我与凯西奥的对话，一会儿我进房去，我会让他亲口说出您想要听到的话。"

奥赛罗在墙角处蹲下，伊阿古则绕到前门，一把推开门走了进去。屋里的凯西奥正搂着一个女人亲热，被吓了一大跳。看清是伊阿古之后，忍不住骂道："你这个疯子！不知道敲门吗？你吓到我的姑娘了！"

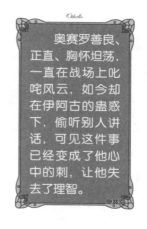

奥赛罗善良、正直、胸怀坦荡，一直在战场上叱咤风云，如今却在伊阿古的蛊惑下，偷听别人讲话，可见这件事已经变成了他心中的刺，让他失去了理智。

伊阿古笑着说："吓的就是你！你这色鬼，也不看看身上的伤，就猴急把比恩卡喊来了？怎么还弄了这一桌好吃的，一会儿准备共度良宵呢？主帅的火还没有消呢，兄弟你这心可是够大的啊。"

凯西奥捶了伊阿古一拳，说道："你别哪壶不开提哪壶了，我就是为这事儿烦心才让城里的比恩卡过来陪我聊天散心的。你也别走了，晚上就在这吃吧，咱们说说话，这次的事情还多亏了你照顾我。"

哪壶不开提哪壶： 比喻不应该提及别人的缺点、隐私，该说的说，不应该说的不说。

比恩卡出门去买菜，房间里只剩下凯西奥和伊阿古二人，伊阿古说："说真的，我这是不是打扰了你的良宵啊？"他一边说，一边起身走进内室，"看看，单人房，双人床，连被褥都是双人的！"

"你别添乱了！"凯西奥跑过去把伊

阿古拉出来，"今晚就是聊天，你看看我这伤，你快别开玩笑了。"

"说正事儿，苔丝狄蒙娜那边的事情怎么样了？"伊阿古故意大声问道，他知道窗外有一对竖起来的耳朵。

"她啊？"凯西奥愣了一下，"还不知道求情求得怎么样了，唉！"

伊阿古又说道："那这个呢？"他边说边指指门外，"听说你准备娶她？"

"我怎么会娶她？你说什么呢？"凯西奥赶忙辩解。

此时，窗外的奥赛罗几乎要晕过去："他们讨论婚嫁的问题？真想不到他们竟然在我眼皮底下勾搭到了这种地步！"

屋里的伊阿古接着说道："可我看她是真心喜欢你。"

"哈！她会真心喜欢一个男人？鬼才信。"凯西奥说。

"那我听别人议论说，你们都谈婚论嫁了。"伊阿古不依不饶地接着问道。

"我怎么可能娶这样的女人，别开玩笑了！"凯西奥有些好奇伊阿古怎么突然这么八卦，急于结束这个话题。

而窗外的奥赛罗此时已经<u>万念俱灰</u>：

两面三刀的伊阿古所代表的并不仅仅是他一个人，而是当时社会许多罪恶的化身。为了个人利益，他们不惜将一切道德准则抛之脑后，采取卑劣手段，实现自己的目标。

在伊阿古的"操纵"下，奥赛罗听到了"真相"。一向智勇双全的他面对爱人的"背叛"，心灰意冷，万念俱灰。

万念俱灰： 所有想法和计划都破灭了，形容极端失望的心情。

"听这意思，已经有不少人知道了这件事？敢情我是当局者迷啊，就我一个大傻瓜！戴着绿帽子的大傻瓜！"

这时比恩卡已经回来了，伊阿古故意盯着桌上的菜说道："好像还缺点什么吧？"

"比恩卡，你去内室床底下把红酒拿来。"凯西奥说。比恩卡去了内室，但很快就出来了，可手里拿的不是酒，而是一条手帕。

"你这个没良心的！"比恩卡满脸醋意，指着凯西奥的鼻子骂道，"你这个花言巧语的骗子，你口口声声对我说，你只看上了我一个，可这床上的是谁的手帕？！"

> Othello
>
> 伊阿古为了促成自己的谋划，故意把苔丝狄蒙娜遗失的手帕留在凯西奥房间，让其作为凯西奥和苔丝狄蒙娜私通的"关键性"证据。

你这个骗子！

你肯定还带过别的女人回来！"

"什么？"凯西奥一头雾水，"我房里怎么会有女人的手帕，这是你自己的手帕吧？"

"不可能！你看这手帕上的图案，整个塞浦路斯都不会卖这种灯笼花图案的手帕，这绝对不是我的！"比恩卡尖叫道。

"灯笼花！"窗外的奥赛罗一屁股坐在了地上，只觉得浑身的血液都涌到了头上，他眼前发黑，耳朵里嗡嗡直响，几乎昏厥过去……那灯笼花的手帕，是自己当初送给苔丝狄蒙娜的定情信物，是他在希腊战场上收获的战利品，是当地的贵族用品，根本不可能在别处买到。

主帅，他们真是太过分了！我愿意替你出这口恶气！

可是这手帕，如今却到了凯西奥的床上！奥赛罗静静地靠在墙上，他已无力站起，只能任由无边的愤怒和悲伤淹没自己……

屋里的比恩卡还在大闹，她把手帕甩在迷茫的凯西奥脸上，将桌上的菜全都掀翻在地上，哭着冲了出去。凯西奥整个人都呆了，手足无措。

"唉，好好的一桌菜啊……"伊阿古连连叹气，"我看你还是追出去吧，小心她把你的破事儿一路上像大喇叭一样都给你抖出来，那你可轰动全城了。"

凯西奥这才如梦方醒，也顾不上手帕的事了，赶紧追了出去。

伊阿古来到后院墙角，只见奥赛罗蹲坐在黑暗中，头深深地低下去，一动不动，仿佛一尊雕像。

"我就知道这计谋能成！"伊阿古暗中狂喜。他走过去，扶起奥赛罗，把那手帕递到他手里："我的主帅，我知道您现在的心情，我说什么都是徒劳，他们对您的欺骗让我怒火中烧。如果主帅您同意，我会找机会干掉凯西奥那个小白脸，替您出了这口恶气。"

奥赛罗看着手里的手帕，苦笑道："看

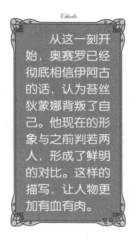

从这一刻开始，奥赛罗已经彻底相信伊阿古的话，认为苔丝狄蒙娜背叛了自己。他现在的形象与之前判若两人，形成了鲜明的对比。这样的描写，让人物更加有血有肉。

奥赛罗此时的悲伤可以用"悲痛欲绝""痛彻心扉"来形容。

"一动不动，仿佛一尊雕像"是一个比喻句，生动地将奥赛罗的复杂心境刻画了出来。

奥赛罗对伊阿古的鬼话深信不疑，这可怎么办呢？

纯真、不谙世事的苔丝狄蒙娜还不知道，她丈夫误会自己了。而这一切都拜人面蛇心的伊阿古所赐。苔丝狄蒙娜更不会料到，自己将会是"毁灭"奥赛罗的利器。

来我这身边只有你一个忠诚并且不说假话的属下了。那些欺骗我的人，必须付出代价！就按你说的，大胆去做吧！我们会有一个新副将的。"

伊阿古当然能听懂这句话的意思，他心中暗喜，扶起奥赛罗。两人刚走到外边，迎面匆匆走过来几个人，走在前边的是苔丝狄蒙娜，她身后则跟着一个正装的使者，这个人奥赛罗和伊阿古都认得，是威尼斯的罗多维科。

"亲爱的！我们找你半天了，你去哪儿了？"苔丝狄蒙娜远远地就开口了，"这位使者大人刚从威尼斯抵达，有重要的公文要交给你。"

奥赛罗定了定神，从罗多维科手中接过公文大致看了看，原来是威尼斯总督和元老会得知土耳其人入侵危机解除，又命令奥赛罗马上赶回威尼斯，塞浦路斯的防务则交由副将凯西奥全权负责。

看完公文，奥赛罗脑子里一团乱麻，思绪万千。这时罗多维科开口问道："凯西奥副将在哪里？"

眼看奥赛罗呆呆地出神不吭声，伊阿古接道："凯西奥他有公务要办，出去了，可能过一会儿就回来。"

苔丝狄蒙娜听到使者问起凯西奥副将，忍不住插话问道："怎么凯西奥副将有什么新的安排吗？"

罗多维科还没来得及回答，奥赛罗突然激动地大声说道："总督大人让凯西奥代替我的职务，我有其他的任务安排。"

想到凯西奥拜托自己求情的事情有了转机，苔丝狄蒙娜很高兴，她脸上的表情被奥赛罗看在眼里，奥赛罗顿时妒火中烧，一下子发怒了，冲着苔丝狄蒙娜大吼："你这么高兴？你早就想让那个小白脸代替我的位置了对不对？！"

苔丝狄蒙娜一下子被吓蒙了，她没想到奥赛罗会是这样的反应，惊恐地问道："亲爱的……你怎么了？"

"你自己做了什么，你自己心里清楚！"奥赛罗越说越生气，抬手给了苔丝狄蒙娜一个耳光，"你骗得我好苦！"

众人急忙拉开二人，除了伊阿古，都是满头雾水，罗多维科很不高兴地说道："您是军中主帅，要注意自己的言行，这样有失体面！请注意自己的名誉！"

苔丝狄蒙娜捂着火辣辣的脸庞，一边

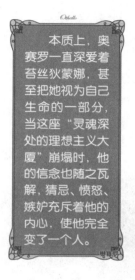

本质上，奥赛罗一直深爱着苔丝狄蒙娜，甚至把她视为自己生命的一部分，当这座"灵魂深处的理想主义大厦"崩塌时，他的信念也随之瓦解，猜忌、愤怒、嫉妒充斥着他的内心，使他完全变了一个人。

妒火中烧： 形容因嫉妒变得特别激动，心神错乱。

擦眼泪，一边对罗多维科说道："使者大人请息怒，一定是我无意中做错了什么事情，惹得主帅大发雷霆，这都是我的错，我这就跟他回去把事情说清楚，这是我们俩之间的小问题，没事的没事的，请大人一定不要介意。"

看着奥赛罗与苔丝狄蒙娜离去的身影，罗多维科皱了皱眉，自言自语道："这就是为整个元老院所赞叹、称为全才全德的那个英勇的摩尔人吗？我看也不过如此

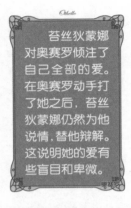

苔丝狄蒙娜对奥赛罗倾注了自己全部的爱。在奥赛罗动手打了她之后，苔丝狄蒙娜仍然为他说情，替他辩解。这说明她的爱有些盲目和卑微。

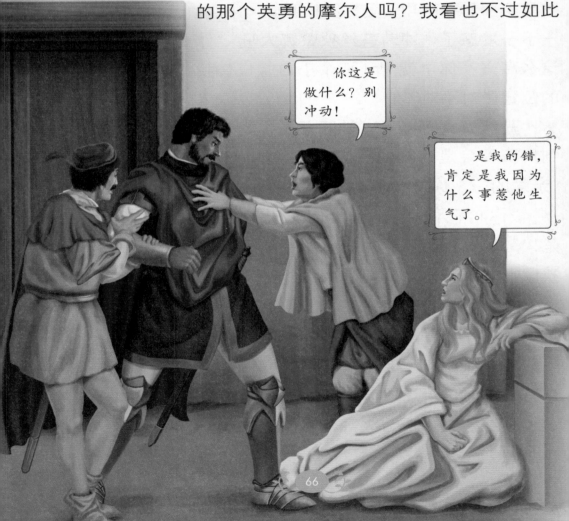

吧。”一边说一边离开了。

伊阿古刚送走使者大人，突然听到路边的暗处有人叫他，原来是罗德利哥。

“是你啊，我正要去找你！”伊阿古有些意外。

“你还记得找我？你怕是早忘了给我的承诺了吧！”罗德利哥非常不满地说道，“你这些天总忙你自己的事情，根本就没把我的事放在心上！”

“我在下一盘很大的棋，你耐心等一等！”伊阿古不耐烦地说道。

罗德利哥并不买账，“我托你送给苔丝狄蒙娜那么多珠宝，就想让她抽出时间见我一面，你拿了我那么多票子，这么多天了连一次会面都安排不出来吗？我不相信！”

“为了她，我几乎花光了家里的钱！我现在死心了，我退出！给你的钱我都不要了，但是那些珠宝你必须给我要回来！”罗德利哥越说越生气。

“我一直都在安排你的事情啊！那黑鬼刚刚才打了她！现在计划出了点乱子，还差关键的一步，你就能得到那个女人了！”伊阿古把罗德利哥拉到路边暗处，压着嗓子冲他吼道，“威尼斯的使者说了，要把那

罗多维科是当时威尼斯白人的典型代表。从言语之中就可以感受到，他心里十分瞧不起奥赛罗。

作为这部戏剧中着墨最多的人，莎士比亚笔下的伊阿古不但阴险狡诈，还十分贪婪，多次从罗德利哥那里骗取钱财，有着一副贪财好利的小人嘴脸。

黑鬼调到毛里塔尼亚去！如果真是这样，你一点儿戏都没了！现在必须想法子拖住那黑鬼，让他走不成！"

"什么？"罗德利哥一下听到这么多信息，有点懵。

"你听我说，我们必须制造点乱子！就拿那个凯西奥下手，我们得干掉他，让他没办法代替那黑鬼的职位！"

"你是说杀了他？"罗德利哥吓了一跳。

"这事儿是黑鬼亲口安排我去做的，我会跟你一起！如果成了，我保证明天晚上那女人就会留在你的房间！"

罗德利哥犹豫了一会儿，下定决心："我再信你一回！要是明天晚上我见不到那女人，咱俩谁都别想好过！"

"你只管放心，跟我来吧，凯西奥今晚在城里一个女人家吃饭，你赶快去换一件黑色的衣服，带上你的剑，我们在半路上干掉他！"伊阿古说道。

我们得先想办法干掉凯西奥。

真相大白 Zhen Xiang Da Bai

夜 已经深了，塞浦路斯陷入了黑暗之中，昏暗的街灯下，两个黑影鬼魅般地靠着街边行走，不时地东张西望，仿佛两只在森林中觅食的<u>豺狼</u>。

凯西奥费了不少工夫，才稳住了比恩卡，否则一旦让这个女人跑到军营里乱说，自己可就再也没希望当上副将了。

此刻的凯西奥还不知道，威尼斯的使者已经带来由他接替奥赛罗镇守塞浦路斯的命令。

伊阿古和罗德利哥发现了凯西奥，他们悄悄尾随对方。伊阿古安排罗德利哥抄近路，绕到凯西奥前边埋伏。在一处街灯照不到的拐角，两个人动手了，罗德利哥猛地从暗中冲出来，一剑刺向凯西奥的胸口，毫无防备的凯西奥根本没有躲闪的机会，瞬间就被刺中。

可是罗德利哥没有想到，凯西奥身上的军服是带着皮甲的！这一剑虽然刺

伊阿古和罗德利哥仿佛两只觅食的豺狼，多么贴切、形象的比喻啊！

凯西奥醉酒惹祸后，一直希望官复原职。从中我们不难看到，他对名利很看重。但与伊阿古不同的是，凯西奥更加有底线。

透了皮甲，但只是划破了凯西奥胸前的皮肉而已！身为军人的他瞬间就反应过来，一把拔出腰间的短剑，反手就是一剑，正中罗德利哥的后腰。

罗德利哥没有皮甲防护，顿时血流如注倒在地上。凯西奥一边大喊："来人啊，有刺客！"一边向前一步，想要看清楚这刺客究竟是谁。这时伊阿古像一阵风一般从黑暗中冲到凯西奥背后，举起手中的长剑重重砍在凯西奥的后腿窝处，然后又飞速冲进黑暗之中。

由于腿上是没有皮甲的，凯西奥这下受伤不轻，瘫倒在地上，他一面大喊一面环顾四周。然而他什么也没发现。为了保命，凯

我倒要看看你是谁。

啊！

西奥用两只胳膊拼命往有亮光的地方爬。伊阿古见状，把罗德利哥拖进黑暗中，狞笑着杀死了他。

当伊阿古想继续追杀凯西奥时，却发现对方已经被巡逻的士兵发现了。他摇摇头，转身消失在黑暗之中。

几个巡逻的士兵一边替凯西奥止血，一边大喊："快去通知总督！城里有刺客！"附近房间的灯也纷纷亮起来，围观的人越来越多。

此时，在奥赛罗的房间里，暴怒的奥赛罗支开了侍女爱米莉亚。苔丝狄蒙娜则<u>惴惴不安</u>地回想自己到底做错了什么。百思不得其解的她忍不住开口问道："亲爱的，如果是我哪里做错了，或者是我考虑不周，惹恼了你，我向你道歉。"

"你为什么要欺骗我？"奥赛罗冷冷地问道。

"我不明白你的意思，亲爱的？"苔丝狄蒙娜一头雾水。

"我知道我出身低贱，根本配不上你，是你给了我勇气，让我活成了另一种样子。"奥赛罗说着这些话，像是说给苔丝狄蒙娜听，又像是在自言自语。

当伊阿古意识到罗德利哥没有利用价值时，毫不犹豫地杀了他。这充分表现出伊阿古冷血狠毒的一面。

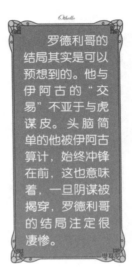

罗德利哥的结局其实是可以预想到的。他与伊阿古的"交易"不亚于与虎谋皮。头脑简单的他被伊阿古算计，始终冲锋在前，这也意味着，一旦阴谋被揭穿，罗德利哥的结局注定很凄惨。

惴惴不安：形容因担心、害怕而不安的样子。

面对奥赛罗，苔丝狄蒙娜只是一味地忍气吞声，这种做法令奥赛罗产生了对方"理亏"的错觉，情绪反而更加激动。

莎士比亚笔下的奥赛罗，其实从未真正认识到自己的价值和尊严。他存在的意义似乎只是为了摆脱"异族人"的身份。

奥赛罗一直将与苔丝狄蒙娜在一起视为自己真正融入白人社会的标志。然而，爱人的"背叛"给了他致命一击。

"我原本以为自己只是个会打仗的武夫，我只需要在战场上证明自己就可以了，多少次血光满天的战役，我都挺过来了。我曾经认为自己就是个把脑袋绑在裤腰上的亡命之徒，只要我比敌人更狠，更不怕死，我就能打赢每一场战役。但是后来我遇到了你，你走进了我的内心，你打开了它，我遇到了你，才知道原来自己还可以有另一种活法，还可以有另一种样子，你就是我的全部。"

奥赛罗喃喃地说着，早已泪流满面。苔丝狄蒙娜完全不知道奥赛罗为什么要说这些，她哭着问道："亲爱的，在我心中，你也一样是我新的生命，我不能没有你。"

"可是！"奥赛罗愤怒地说，"可是为什么，苔丝狄蒙娜！你打开了我的心，为什么又要把它关上？如果你离开了，我没办法活下去！"

"你在说什么啊亲爱的？是不是有人造谣污蔑我们？我说过我只在乎你！"苔丝狄蒙娜哭着对奥赛罗说。

"到现在你还在骗我，为什么！"奥赛罗痛苦地抱住了头。他猛地站起身来，指着苔丝狄蒙娜怒吼道："你跟他的事情我全都知道了！我亲耳听他说出来的！你们竟然……竟然都上了床！你们！"

奥赛罗气得浑身发抖，语无伦次。

苔丝狄蒙娜吓得瘫坐在地上，哭着喊道："你怎么能这样听信别人的话！我怎么会是那种人呢？"

"我送你的手帕呢？我们爱情的见证，是我们定情的信物，我如此珍视它，你却把它当块抹布！"

"手帕？"苔丝狄蒙娜着急地在口袋里摸索，四下寻找，"该死，我把它放在哪了？我一直都随身带着的呀……爱米莉亚？爱米莉亚你在哪儿？"

"别装模作样了，让我来告诉你手帕在哪里吧！"奥赛罗瞪着眼睛，眼里几乎喷出火来，"你把手帕忘在那个小白脸的床上了！"

"你血口喷人！"苔丝狄蒙娜哭喊道，"你说的到底是谁？你告诉我！"

"别装了！你跟凯西奥的奸情我全都知道了！"奥赛罗怒吼道。

被愤怒冲昏头脑的奥赛罗根本不听苔丝狄蒙娜解释，这可怎么办呢？

"凯西奥？怎么可能！他是你多年的助手，你们情同兄弟，我怎么可能跟他！"苔丝狄蒙娜惊恐地喊道，"他跟城里的一个女人相好，是爱米莉亚告诉我的！你快把爱米莉亚、凯西奥都叫来，我们当面对质！"

"把他们都叫来，你们好一起羞辱我吗？"奥赛罗大吼道，"可惜他没有机会了，我已经派人去干掉他了！"

苔丝狄蒙娜现在的状况可以说是"百口莫辩"。

苔丝狄蒙娜彻底慌了，那个曾经深爱着她的奥赛罗去了哪里？眼前这个被怒火和嫉妒冲昏了头脑的人到底是谁……

奥赛罗怒不可遏，他把手帕摔到地上，恶狠狠地把苔丝狄蒙娜抓了起来。

可怜的苔丝狄蒙娜像小鸡一样被身材魁梧的奥赛罗抓在手里，她心中只剩下恐惧，因为她在那双熟悉又陌生的眼里看到了杀意，她用尽最后的力气大叫道："奥赛罗！如果你要杀我，你让我再多活一天！就一天！"

"再等一天？让你们再多嘲笑我一天？你们这些该死的人，我要你们统统去死！"他怒吼着，双手不知不觉开始用力，不知道过了多久，嗓子喊哑了，力气也用尽了，他松开手瘫坐在地上，看着面前嘴角流血、瘫软在地上的苔丝狄蒙娜，忽然意识到：她已经死了！

自己终于出了这口恶气！可是……为什么没有一点如释重负的感觉？为什么胸口更加沉闷了？接下来我该怎么办？奥赛罗有些慌乱，这时候门外响起了急促的敲门声，他吓了一跳，四处看了看，赶紧把苔丝狄蒙娜的尸体抱到床上，然后拉下了帐子。

咳咳……放开……奥赛罗，快放开我！

　　奥赛罗过去打开门，门口是惊慌失措的爱米莉亚，还没等他开口，爱米莉亚就着急地说："不好了主帅大人，杀人了，城里杀人了！"这一瞬间奥赛罗想到的是：伊阿古成功干掉凯西奥了？

　　"你慢慢说，怎么回事？死的是谁？"奥赛罗问道。

　　"是一个叫罗德利哥的威尼斯人！他行刺凯西奥，被凯西奥刺死了！"

　　爱米莉亚的话让奥赛罗吃了一惊，他并不知道罗德利哥是何许人也，也不明白为什么这个人要去刺杀凯西奥。

　　"那伊阿古呢？"他问爱米莉亚。

"伊阿古跟总督大人已经在现场了，还有使者大人也在！咦？这手帕……怎么地上有血？"爱米莉亚察觉了屋内的异样，惊恐地问道。

奥赛罗没有吭声。爱米莉亚想要进屋，但被奥赛罗挡住了。爱米莉亚见状，更加惊疑。她名义上是苔丝狄蒙娜的仆人，但两人的关系很好。在得知奥赛罗和夫人发生矛盾后，她就一直惴惴不安，恐怕有什么不好的事情发生，而地上的血迹和形迹可疑的奥赛罗更让她坚定了想法，她冲屋里大喊："夫人！夫人你还好吗？"

在莎士比亚的笔下，奥赛罗曾经高尚的品格已然成了"笑话"。但在这种"笑话"背后，隐藏的是人文主义与旧观念的矛盾。

屋里自然是没有回应的，爱米莉亚更着急了，扑通一声跪了下来，哭着求奥赛罗："夫人平日里善良贤惠，如果她有什么不对的地方，请您一定原谅她！"

奥赛罗正在与爱米莉亚拉扯，只听见外边人声嘈杂，总督蒙太诺和伊阿古举着火把带着随从匆忙走过来喊道："主帅大人！城里出事了，可能有刺客出没，凯西奥大人的双腿受了重伤！"

苔丝狄蒙娜与爱米莉亚感情深厚，从未将她看作下人。这与当时阶级分明的社会现状显得格格不入，体现出苔丝狄蒙娜勇于打破封建礼法的可贵品质。

"是吗？"奥赛罗一边答应，一边心中狐疑，忍不住盯着伊阿古看，那目光分明在问："只是双腿受伤吗？"伊阿古却低着头，没有任何回应。

趁奥赛罗走神之际，爱米莉亚猛地冲进屋，奥赛罗阻拦不及，刚要说话，只听到屋里的爱米莉亚一声惨叫："夫人！夫人啊！快来人啊，快救人啊……"

蒙太诺吃了一惊，也冲进了屋内，眼看无法再隐瞒，奥赛罗索性也转身进了屋。看着房间里床上苔丝狄蒙娜的尸体和瘫坐在一旁的爱米莉亚，蒙太诺震惊到了极点，一句话也说不出来。

"主帅大人，这是怎么一回事？"从震惊中回过神的蒙太诺总督问道。

"这是我的一点家事，家门不幸，发生了通奸的丑事，让总督大人见笑了。"奥赛罗也恢复了一些神志，强作镇定，扭头冲着伊阿古说："这个正直的军人见证了一切，我与夫人的这条定情手帕，就是他在凯西奥的床上发现的！他可以为我作证。"

"你胡说！"一旁的爱米莉亚大喊道，"我不许你侮辱夫人！"

"让你丈夫告诉你吧。"奥赛罗说道。

"伊阿古！我正要问你！这手帕是怎么回事？我捡了夫人的手帕被你要去，

爱米莉亚为了苔丝狄蒙娜敢于忤逆奥赛罗，非常正直、善良。她与作恶多端的伊阿古形成了鲜明对比。

事到如今，奥赛罗依旧蒙在鼓里，他丝毫没有意识到，是伊阿古骗了他。

为什么这手帕会在夫人这里？"

　　"闭嘴吧！你这个蠢女人懂什么！给我滚回家去！"伊阿古呵斥道。

　　"伊阿古，主帅所说的通奸是跟哪一个？"蒙太诺问。

　　"回总督大人，正是受伤的副将凯西奥。"伊阿古说。

　　"伊阿古！你到底在说什么？"爱米莉亚冲上来揪住伊阿古大喊道，"你怎么能这样诬陷好人？"

伊阿古满头大汗，抽了爱米莉亚一个耳光："没见识的女人！你懂什么！快跟我回家去，闭上你那张蠢嘴吧！"

"你住手！"奥赛罗与蒙太诺同时说道。奥赛罗盯着伊阿古，"让她说话！方才说的捡到手帕是怎么回事？爱米莉亚！"

伊阿古头上冷汗涔涔，一旁的蒙太诺也盯着他，目光中充满了怀疑。

爱米莉亚将手帕事件的原委告诉了大家。最终，得知事实真相的奥赛罗会怎样呢？

"主帅大人！这手帕是我在夫人房间外捡到的，还没顾上还给夫人，就被他要去了！他还说，这手帕能帮他升职！"爱米莉亚哭着说，"主帅大人！您被这个满嘴谎言的小人给骗了！夫人是清白的！都怪我，我为什么要捡那条手帕啊！"

奥赛罗震惊到了<u>无以复加</u>的地步，一下子呆住了，他望着苔丝狄蒙娜的尸体，一屁股跌坐在地上。

"蠢女人！你害死我了！"

"快住手！奸贼！"

无以复加：
形容达到顶点，再也不能增加了。

电光火石之间，眼看大势已去的伊阿古突然拔剑，不顾蒙太诺的阻拦，一剑刺穿了爱米莉亚，随后一个纵身，从窗户跳了出去。

"快抓住他！"蒙太诺总督愤怒地命

令手下 ："别让他跑了！"

蒙太诺的几个随从应声追了出去，地上的爱米莉亚用尽最后的力气爬到苔丝狄蒙娜的床前，凄声道："苦命的女人啊，你背弃父亲，如今就换来了这样的下场吗？我们女人难道就这般命苦？每日里伺候他们，最后还要死在他们手里？真是命苦啊……"

眼看爱米莉亚也断了气，蒙太诺叹了一口气，冲奥赛罗说道："主帅大人，您怎么如此轻信那奸人的话！真是作孽啊……"

但是奥赛罗已经全然听不到他在说什么了，此时他万念俱灰。回想起伊阿古前后的种种疑点，他恍然大悟，却悔之晚矣。

这时，几位士兵押着灰头土脸的伊阿古回来了，凯西奥也包扎了双腿，由侍从用椅子抬着赶了过来。

原本瘫坐在地的奥赛罗看到伊阿古，眼中几乎喷出火来，一跃而起，拔剑刺了过去，士兵们慌不迭地抓着伊阿古躲闪，伊阿古还是被刺中了腰部，鲜血直流。

"快拉住主帅！"蒙太诺命令道，士

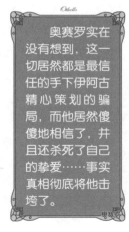

爱米莉亚原本是封建夫权主义的被压迫者。可是面对主人的突然死去，她彻底爆发了，不惜将丈夫所做的丑事公之于众，让我们看到了她决绝、勇敢的一面，这是她向封建夫权发起的一次挑战。

奥赛罗实在没有想到，这一切居然都是最信任的手下伊阿古精心策划的骗局，而他居然傻傻地相信了，并且还杀死了自己的挚爱……事实真相彻底将他击垮了。

兵们冲过来挡住奥赛罗，却又不敢动手，有些<u>手足无措</u>。

手足无措： 指举动慌张、无法应付。

奥赛罗不懂人心险恶、人性复杂，轻信伊阿古，只是一味地嫉妒、愤怒，而不是信任苔丝狄蒙娜，去调查真相，最终落得和苔丝狄蒙娜一起毁灭的结局。这既与奥赛罗本身的性格缺陷有关，又与当时的社会根源密不可分。

"你还是杀不了我，你这个头脑简单的莽夫！愚蠢的摩尔人！"伊阿古自知走投无路，索性破罐子破摔。

"主帅大人！刺杀我的那个人，也是他的同谋！从那人身上搜出了书信，这两个人觊觎夫人很久了，一直都在图谋作乱！"凯西奥说道。

"将主帅大人的剑拿下。"蒙太诺命令左右，"此事非同小可，人赃俱获，也有证物，统统交给法庭来审判吧！"

"哈！"奥赛罗突然惨笑着举起剑，挡住了众人，"这把剑陪着我征战沙场，出生入死，好几次我死里逃生，都是它救了我。可是今天，这剑杀不了仇人，救不了爱人，恐怕也救不了我自己了……"

奥赛罗环视众人，缓缓说道："我身上的罪，法庭审判不了，忏悔也减轻不了，我罪孽深重，对不起诸位，对不起我的将士，更对不起我的爱人，我已经是废人一个，再也无法回到战场上去，也无法回到爱人的身边，只有地狱的烈火是我唯一的归宿，永别了诸位，你们在做审判记录时，请一定要如实记录我的愚蠢和冲动，永别了！"

说完，在众人的惊呼声中，奥赛罗以剑自刎，倒在了苔丝狄蒙娜身边。鲜血不断地喷涌而出，染红了苔丝狄蒙娜的衣衫，染红了床单，仿佛一朵缓缓绽开的血玫瑰，无声地宣告着终结。

如果真有死后的世界，他们还会再次重逢吗？

李尔王

　　《李尔王》是莎士比亚正值
艺术巅峰时期所创作出来的一
部短篇悲剧作品。该戏剧围绕
李尔王与三个女儿，以及葛罗
斯特和两个儿子的故事展开，
通过对亲情、爱情、权力、财
富等一系列"元素"的描写和
刻画，反映出莎士比亚对于人
性的光明与黑暗、伦理道德和
人生观、世界观的深度思辨，
是莎士比亚对文艺复兴时期人
本思想的一次重要突破。

李尔王赶走小女儿

King Lear

作为不列颠的国王，李尔具有绝对的话语权和财富分配权。这说明他具有根深蒂固的封建王权伦理思想。

King Lear

考狄利娅贵为公主，她最终会嫁给谁呢？

不列颠的国王李尔今年八十多岁了，由于长期为国事操劳，身体很不好。他决定把国事让给年轻有为的人去治理。

李尔王有三个女儿：嫁给善良的奥本尼公爵的大女儿高纳里尔，嫁给动不动就会喊着要决斗的康华尔公爵的二女儿里根，还有一个最小的女儿考狄利娅。考狄利娅也快要出嫁了，因为有两个人来到了李尔王的城堡中，他们是法兰西国王和勃艮第公爵，他们都想要娶考狄利娅。

最近几天，大臣们为了两件事议论纷纷，一件是李尔王想要将国土分给公主们的事，另一件就是小公主的婚事。李尔王的臣子中，有两个人与他亲近得像朋友，他们分别是老臣葛罗斯特伯爵和性格直爽的肯特伯爵。这两天，连他俩也因为分国土的事而在底下悄悄议论了。肯特伯爵低声对葛罗斯特说："我想王上对于奥本尼公爵更有好感。"

葛罗斯特点点头："我们一向都觉得是这样，可是从王上的计划来看，这次划分国土是看不出来他对这两位公爵有什么偏心，因为他分配得那么平均，无论他们怎样斤斤计较，都不能说对方比自己占了便宜。"

莎士比亚在一开篇，就将主、副线中的几位重要人物"推"到了读者面前。自然而然地使主次情节成了一个有机整体。

肯特点点头，眼光转向了葛罗斯特身边的年轻人，问："这是您的儿子？"

"是的，他叫爱德蒙。"葛罗斯特脸色突然不好了，这是他曾经犯的错误，当时他背着妻子偷偷喜欢上了一个年轻的女人，之后就与她生下了爱德蒙。葛罗斯特非常不喜欢爱德蒙，他只喜欢他的大儿子爱德伽。

肯特上下打量着爱德蒙，他觉得这个年轻人一定不简单，单从他那炯炯有神的眼睛就能看出，他一定是一个有心计的人，而且心眼儿一定比爱德伽多很多。

炯炯有神： 形容人的眼睛很亮，很有精神。

正在他们交谈时，远处传来了一阵喇叭奏的花腔，李尔王来了，随行的还有他的三个女儿和两个女婿。

"葛罗斯特！"李尔高声说："你快去招待下法兰西国王和勃艮第公爵，他们等了这么长时间，今天他们应该会得到好消息了。"

肯特对爱德蒙的直观印象，其实是作者对爱德蒙这个人物形象的侧面描写，为后文他的"所作所为"做了很好的铺垫。

　　葛罗斯特应声带着儿子下去了。李尔继续说："把地图给我。"这句话说完，大女儿高纳里尔和二女儿里根显得激动起来。

　　"我已经把国土分为三部分了。康华尔贤婿，还有同样是我心爱的奥本尼贤婿，为了预防他日争执，我想还是趁现在把我的几个女儿的嫁奁（lián）当众分配清楚。孩子们，告诉我你们中间哪一个人最爱我？我要看看谁最有孝心，对我最好，我就给她最大的恩惠。"李尔笑眯眯地看着三个女儿，谁也看不出他这时的心情如何。

告诉我，你们谁最爱我，我就分给她最大的国土。

大女儿高纳里尔满脸堆笑，高高举起双手："亲爱的父亲，我对您的爱，不是言语所能表达的；我爱您胜过自己的眼睛和自由；超越一切可以估价的贵重稀有的事物；不亚于赋有淑德、健康、美貌和荣誉的生命……"她说了一堆赞美之词，本来心里没有半分爱的她却能信口编出这么多词，也真令人佩服。

李尔并没有识破这个女儿的虚伪，他宽厚的父爱令他信以为真，于是他将三分之一的国土赐给了高纳里尔及她的丈夫。高纳里尔由心底里发出"咯咯"的笑声，她的愿望终于达成，虽然只有三分之一，可是这块国土非常富庶。

二女儿里根早已按捺不住激动的心情了，她将早已准备好的一堆赞誉之词顺畅地背了出来，半点不停顿，让每个人都以为她在发自内心地爱她的父亲。理所当然，李尔也很享受这段"文章"，他将一片同样广大、同样富庶的土地分给了里根和她的丈夫。

"考狄利娅，你是我最亲爱的宝贝，你怎么不说话？你不爱你的父亲吗？"

"爱，但我不知道怎么表达。"考狄利

King Lear
李尔身为堂堂一国之主，居然要通过女儿们轮番向他表孝心决定国土的分配，何其荒唐。他心里的父女亲情，已经变成了置换权利的筹码。这为他后文的悲惨遭遇埋下了伏笔。

King Lear
莎士比亚笔下的里根和高纳里尔一样，口蜜腹剑，懂得花言巧语，视利益为一切，是当时社会丑恶现象的典型代表。

89

娅低下头说。

"不知道？"

"是的。"

"如果你的不知道，就只能换来一无所有了！"李尔很生气，刚刚的愉悦心情像被一盆冷水浇灭，"考狄利娅，你最好想好再回答，否则，你的命运就会被你的愚蠢毁掉！"

考狄利娅正直、真诚，不愿阿谀奉承，只说出了自己最真实的想法。这与她的两位极尽美言的姐姐形成了鲜明的对比。

考狄利娅知道两个姐姐对父亲的奉承只是为了早点瓜分那些国土，她可不愿意做这样虚伪的事，她用真切的眼神望着李尔说："父亲，您把我养大，爱我，疼我，我受了您很大的恩惠，我爱您，尊重您。但是父亲，我与天底下所有做女儿的人一样，只是爱您，并不能对您忠诚一辈子。我的姐姐们都爱您，那她们为什么要嫁人呢？假如我只爱您，我就不会嫁人，如果我嫁人了，就会分一半爱给我的丈夫，不能只忠诚于您。"

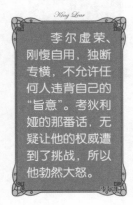

李尔虚荣、刚愎自用，独断专横，不允许任何人违背自己的"旨意"。考狄利娅的那番话，无疑让他的权威遭到了挑战，所以他勃然大怒。

李尔越听越生气，自己最爱的小女儿竟然说出这样的话，真是个没良心的人。李尔沉了沉声音说："那就让你的忠诚去当嫁妆吧！我要与你断绝父女关系。"

考狄利娅被父亲的话吓了一跳，她

眼中含满了泪水。她爱父亲，但她的真话让父亲难以接受，比起两位姐姐为了锦衣玉食的生活而满嘴的奉承，父亲仿佛更喜欢听那些话。对于一个年轻时就自傲、唯我独尊的人来说，宁可听一些虚伪的奉承，也不想听真话。李尔的自尊心已经被严重打击了，他现在已经武断地判定他的小女儿被宠坏了，根本就不爱他，他这些年白疼她了，所以他只能用断绝关系来结束这一切，也用"一无所有"来惩罚不会奉承的考狄利娅。

　　"出去！滚出去！"李尔狠狠地指着考狄利娅，然后转向随侍说，"把法兰西王叫来，还有勃艮第，我要看看，她自己所说的忠诚能不能找到一个好丈夫！"

　　李尔真的气极了，心里已经做好了所有决定，他要让考狄利娅看到不爱戴自己父亲的下场："康华尔，奥本尼，你们已经分到我的两个女儿的嫁奁，现在把我第三个女儿的那一份也拿去分了吧，我把我的威

我要与你断绝父女关系！你给我滚出去！

父亲……

91

力、特权和一切君主的尊荣一起给了你们。我自己只保留一百名骑士，在你们两人的地方按月轮流居住，由你们负责供养。除了国王的名义和尊号以外，所有行政的大权、国库的收入和大小事务的处理，完全交到你们手里；为了证实我所说的话，两位贤婿，我赐给你们这一顶宝冠，归你们两人共同保有。"

考狄利娅的泪水哗哗地流着，她不是因为一点国土也没有分到而伤心，而是因为父亲的糊涂而流泪。

肯特伯爵在一旁看着，作为一个正直的臣子，他觉得自己应该去劝一下国王。但是话没说几句，李尔就暴

你这个逆贼！竟然敢忤逆我！

您真是太糊涂了！

怒了，肯特的行为简直就是触动怒龙的逆鳞。年轻时的李尔本就脾气暴躁，他曾把一切与自己相反的观点都认定为忤逆。现在年纪大了，更是爱听一些奉承了，肯特的良言也严重触犯了他作为君主的威严。

"肯特，弓已经弯好拉满，你留心躲开箭锋吧。"李尔严肃地警告肯特。

"那就让它来吧。您真的是疯了，竟然这么糊涂，我一向尽忠职守，所以我要提醒您，您的小女儿不孝顺您吗？我觉得她比起那些<u>口若悬河</u>的人要强一百倍呢。"

"要想活命就闭嘴！"李尔的脸色更加难看了。

肯特仿佛已经做好了赴死力谏的准备，他昂起头说："为了正义，我宁可死。"

"走开！我不想看到你！"李尔的脸色灰一般沉寂。

李尔气得拔出了剑，周围的人吓得魂都飞了，肯特却不以为然，他看着眼前这个被蒙住双眼的国王，失望极了，毅然地说："好！我现在就像是为你治病的医生，你现在病得不轻却不接受治疗，如果你非要把考狄利娅应得的国土分了，我就天天在你身边说这件事！"

忠诚的肯特冒死进谏，却没能让李尔醒悟，还差点因此丢了性命。莎士比亚将无情、昏聩的李尔塑造得惟妙惟肖。

口若悬河：形容口才很好，讲起话来滔滔不绝。

肯特明知李尔暴躁易怒，还忠言直谏，即使李尔威胁要杀了他，肯特也没有退缩。他的正义、真善美对其他虚伪、内心丑恶的人而言，是莫大的讽刺。

"你这个逆贼！你一个臣子应该安分守己，不要对着国王这样狂妄，你这种无视君上的态度让我忍无可忍！"李尔眯起眼睛，看着肯特咬紧牙继续说，"为了维持王命的尊严，不能不给你应得的处分。我现在给你五天的时间，你去准备些随行的衣服和食物，然后离开我的国家！如果十天后谁在我的国土再看到你，都有权利将你杀死！"

肯特失望透了，他知道自己再劝也没有用了，他也不想再待在这里了！在走之前，他对考狄利娅说："姑娘，你心地纯洁，说话真诚，神明会保佑你的。也希望那些夸夸其谈的人能遵从自己说过的话！"考狄利娅点点头，她明白，肯特的第二句话是说给两个姐姐听的。

肯特走了，他想到一个新的国家，去找一位明主。

肯特刚走，伴随着鼓乐之声，考狄利娅的两位追求者来了。

李尔忍住了心头的怒火，但声音依然沉重，他对勃艮第说："公爵，您与这位国王都是来向我的小女儿求婚的，那您希望她带多少陪嫁？"

夸夸其谈： 形容说话或写文章不切实际、浮夸。

昏庸的李尔不念旧情，居然要将肯特驱逐出境。那么可怜的肯特接下来该怎么办？他会去哪里呢？

勃艮第公爵深施一礼说："按您之前的数目，我们就很满足了。我想您不是一位吝啬的人！"勃艮第公爵本来就是为着钱财而来，他盘算着娶了考狄利娅，就可以顺理成章地分掉李尔三分之一的国家，那简直是一件妙事。勃艮第公爵笑了，他的笑看起来有些不合时宜。

李尔依旧严肃地说："尊贵的公爵，当初她是我疼爱的小女儿，可现在……现在，我除了我的憎恨之外，什么也不能给她。如果您没有意见，就将她带走。"

勃艮第被这突如其来又莫名其妙的话吓了一跳，头脑飞速旋转，刚刚到底发生了什么事？他一时不知该怎么回答。

95

　　李尔瞥了一眼考狄利娅又继续说："她与我断绝了父女关系，现在已经与我没有任何关系，而且又带着我的憎恨，你是否愿意带她走？"

　　勃艮第掌握了情况，他施了一礼说："请原谅我陛下，这种条件下，我无能为力。"勃艮第在经历了一翻飞速思考后，果断地做出了决定，他本来就是为财为权而来，现在考狄利娅一无所有，他当然不能娶。

　　李尔又转向法兰西国王说："伟大的国王，为了我们的友谊，我不能把一个我憎恨的人，一个不知天高地厚的丫头嫁与您。请您也另择佳偶吧。"

　　法兰西国王没有勃艮第的决断，他到现在还没有搞清楚到底发生了什么，他不明白为什么李尔前两天还视若珍

我不能把一个不知天高地厚的丫头嫁给你，你还是另寻佳偶吧。

宝的小女儿现在却被说得一文不值，他疑惑地看着考狄利娅，一时不知怎么回答。

考狄利娅是完美和正义的化身。她早已看透一切，即使被父亲厌弃，也不愿违背自己的初衷，可见其人格多么高尚。

"我只是不想说一些违心的话，我心里想的不想挂在嘴边上，我请求您让世人知道，我之所以失去您的宠爱，并不是做了什么丑恶的事，而是我缺少一双献媚求恩的眼睛和一条善于曲意逢迎的舌头。请您尊重我的人格。"考狄利娅被李尔的话刺激到了，她伤心地说。

曲意逢迎：违背本心去迎合别人的意思。

李尔不屑地回应："像你这样的人，当初没生下才好！"

听到这里，法兰西国王明白了，原来这位美丽的姑娘因为不愿意奉承自己的父亲而遭到厌恶。他向李尔深施一礼，说："亲爱的李尔王，只是因为这一个理由吗？她只是不想把心里的爱说出来，只是不想曲意逢迎就被您厌弃吗？"

考狄利娅此时的伤心可以用"心灰意冷"来表示。

最终，法兰西国王做出了决定，他愿意将考狄利娅娶回国。他想给这个正直的姑娘所有的爱，让她不再感到孤独和被抛弃，他深情地说："你做我法兰西的女主人吧，让那个沼泽之邦的勃艮第去追求有钱人吧，你是无价之宝，他哪怕拿金山来换我也不换。考狄利娅，跟这些冷酷无情

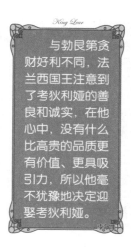

与勃艮第贪财好利不同，法兰西国王注意到了考狄利娅的善良和诚实，在他心中，没有什么比高贵的品质更有价值、更具吸引力，所以他毫不犹豫地决定迎娶考狄利娅。

的人说再见吧，你的家乡从此以后就是法兰西。"

考狄利娅眼中含满泪水，这是幸福的泪水，当然也是苦涩的泪水。李尔不想再见到考狄利娅，甩手带着随从走了。

原本喧闹的宫殿内只剩了法兰西国王及考狄利娅和她的两个姐姐。考狄利娅觉得自己应该对两位姐姐说些什么，她似乎已经预感到了一些不好的事将要发生："两位姐姐，你们是父亲眼中的宝石，现在被抛弃的考狄利娅与你们道别。我了解你们，但我不想当众拆穿，毕竟我们是姐妹，我将老父亲托付给你们了，希望你们好好对待他，像你们说过的一样爱他。当然，如果我没有失去他的欢心，我也不会依赖你们来照顾他。"

"闭嘴吧！"里根抢着说，"你不用教训我们了！"

高纳里尔也扬起高傲的头冷冷地说："你虽然是个慈悲的人，但你的忤逆不孝换来了什么？一无所有！"

"总有一天你们会露出原形的，愿你们幸福！"考狄利娅也冷冷地回应着。

法兰西国王再也不想让考狄利娅受半

King Lear

即使是在临行之前，考狄利娅惦念的仍旧是对他恶语相向的父亲。她的言行举止无一不体现出对父亲的敬爱，对亲情的重视。可以说，她是莎士比亚笔下善良女性的典范。

分的气，他搂起考狄利娅温柔地说："王后，我们一起回我们的家吧！"

看着妹妹的背影，高纳里尔与里根开始了她们的阴谋，她们一起商议着怎样对待李尔，她们日思夜想的权力和财力已经得到了，那么上了年纪又蛮横又脾气古怪的李尔现在已经没什么用了，留着他只能给自己加重负担。于是，她们开始策划怎么把李尔赶出去。

走！我们一起回家！

接下来，我们应该怎么做呢？

城堡中上演阴谋

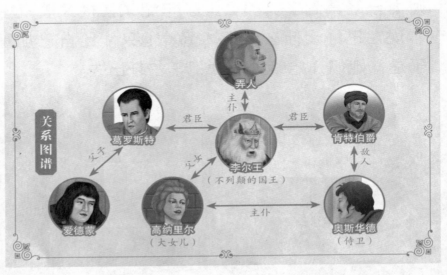

关系图谱

弄人

主仆

君臣   君臣

葛罗斯特   李尔王   肯特伯爵
（不列颠的国王）

父子   父女   敌人

爱德蒙   高纳里尔   奥斯华德
（大女儿）   主仆   （侍卫）

King Lear

当时，私生子向来不会得到封建礼法及所谓的伦理道德的认可。

与此同时，在葛罗斯特伯爵城堡中的厅堂里，心怀怨恨的爱德蒙正在导演着一场阴谋。他不想被人说成是私生子，难道爱德伽就比他高贵吗？不管是外人还是他的父亲都喜欢爱德伽，而把他看成是一个野孩子。于是，爱德蒙就伪造了一封信，他以爱德伽的笔迹写了些足以让葛罗斯特充满愤怒的信。

葛罗斯特本就为今天发生的事心惊胆战，正当他回到家时，看到爱德蒙藏着什么东西，他命令爱德蒙把它交出来，于是，那封信就巧妙地落到了葛罗斯特的手里。信是给爱德蒙的，写着人老了就要把权力交给年轻人，老人最好赶快永远睡着，把财产传给年轻人，他想与爱德蒙合作，逼迫他们的父亲早日交出权力和财产。葛罗斯特拿着信的手抖了起来，他心里还有一丝不相信，因为他觉得老实本分的爱德伽不会写那样的信。

爱德蒙从父亲的眼神中看出了猜测，他必须再为这把火添点柴，于是镇定地说："父亲，它是被人塞到我的窗户缝的。"

"你认识这是你哥哥的笔迹？"

"是的。如果上面写的好话，我就向你发誓那是他的笔迹，不过我希望这封信不是他写的。"爱德蒙还故作悲伤地低下头，继续说，"之前哥哥也曾经提过，说您已衰老，应该将权力和财产都交给我们。"

葛罗斯特大怒："混蛋！混蛋！他的信也是这么写的！不孝的畜生啊！禽兽不如的东西！你去把他找来，我要依法惩办他。这个可恶的混蛋他在哪儿？"

爱德蒙故意装出一副忧伤的样子说："父亲，万一是误会呢？"他故意将"误会"两个字拉得很长。

葛罗斯特又生气又不知所措，拂袖而去，留下了浮

现出一脸得逞笑意的爱德蒙。做事要做周全，爱德蒙又将哥哥爱德伽哄走了，暂时不让他再见到父亲。一个轻信的父亲，一个忠厚的哥哥，对付他们这样老实的傻瓜，爱德蒙的奸计是绰绰有余的。爱德蒙决心用身份得不到的东西，就要用计谋得来，而且要得到更多。

几周后，高纳里尔的计谋也开始启动了。

奥本尼公爵府里，高纳里尔开始<u>借题发挥</u>，只因为李尔打了她的侍卫奥斯华德。"天天这样没事找事，我的家被他吵得鸡犬不宁。我不能再忍受下去了。他的骑士们天天横行霸道，他自己又在每一件小事上责骂我们。等他打猎回来的时候，我不想见他。"高纳里尔对她最忠实的随从奥斯华德说，"你就对他说我病了。你也不必像从前那样殷勤地侍候他了，他要是见怪，就说是我吩咐的。"

"夫人，他回来了！"奥斯华德低声说。

外面传来了号角声，李尔打猎回来了，他在过去的几周中，天天出去打猎，过得也算逍遥快乐，只是也会隐约感觉到大女儿的脾气越来越坏，就连公爵府中的家仆对他的态度也越来越恶劣，甚至有些时候

借题发挥：借着某件事"做文章"，以表达自己真实的想法和主张。

高纳里尔得到财产后不久，就露出了狐狸尾巴。她会怎么做呢？让我们拭目以待。

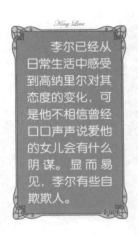

李尔已经从日常生活中感受到高纳里尔对其态度的变化，可是他不相信曾经口口声声说爱他的女儿会有什么阴谋。显而易见，李尔有些自欺欺人。

爱搭不理的。但是李尔觉得大女儿当初如此爱他，可能最近有什么烦心事，过几天就好了。

"好！你告诉你的手下，不搭理他，我倒要看看他到底会说些什么。"高纳里尔斜着眼睛看着大门口，继续狠狠地说："如果他要是再发火，那就让他滚到我的妹妹那里去吧！"高纳里尔想想就痛快，她了解她的妹妹，凭着里根的脾气，是断不能忍受的。李尔这个"老废物"已经没了权力，却还想管这管那，门都没有！想到这里，她又拉过奥斯华德轻声说："记住，这老人就像小孩子，不对他凶点是不行的！还有那些骑士，用不着尊敬他们，该怎么办你应该明白。"

"是，夫人！"奥斯华德点头出去了。高纳里尔这时忙着给里根写信，她要告诉妹妹老父亲的"恶行"，计划可以开始执行了，她们要联手把这个"老废物"赶走！

李尔还没有走进城堡中，大门口突然出现了一个人，这个人衣衫褴褛，用帽子遮住了半边脸，见到李尔后就跪在地上，要给李尔当随从。李尔很奇怪，那是因为他不知道也想不到眼前的这个人就是被他赶出宫的肯特伯爵。肯特将自己装扮成了一个穷人模样，

而且改了一个新名字——卡厄斯。虽然现在声音还是容易暴露身份，但他等不及了，他早已经看出了那两个公主的诡计，他必须留在李尔身边，他不忍心看着李尔被那两个虚伪的女儿耍得团团转。

李尔得知眼前的这个穷人要跟随他时，爽朗地笑起来，他找到了曾经高高在上的感觉，有人愿意向他俯首称臣，这是多么有成就感的事。李尔问："那你会做什么？"

"我会保守秘密、骑马、跑腿，也会一字不落地传口信，更会讲故事，不过，我最大的好处就是勤劳。"肯特咽了口唾沫继续说，"当然，您看我已经不算年轻，所以我比较理智，能够判断哪些人是好人，哪些人是坏人，不会轻易被骗。"肯特的话中有话，李尔并没有发觉，他还沉浸在得意中。李尔一拍马屁股，回头对肯特说："走吧。如果晚饭之后我还是喜欢你，那你就留下来！"

李尔进门后从马上下来，大跨步地走向大厅，喊道："饭呢？我饿了！我的女儿呢？快出来侍候我吃饭吧！"

奥斯华德悠闲地拱了拱手，说："公

尽管肯特负气出走，但他还是不忍心失去权力的李尔被女儿欺凌。因此，忠诚的他乔装打扮回到了李尔身边。从这个方面的描写，我们可以看出，肯特忠诚耿直，他的人物形象一下子丰满起来。

肯特担心年迈的李尔被女儿的甜言蜜语蒙蔽，因此故意在交谈中提到自己不会被轻易欺骗，话里有话，希望能点醒李尔。但很显然，他失败了。

主病了！"奥斯华德并没有给李尔行礼，李尔早就感觉到奥斯华德对自己很放肆了，只是以前还是讲礼数的，可是今天连礼也没行，李尔愤怒了，对着自己的骑士叫道："快来人，你们听这个傻瓜说些什么？"

骑士走上前说："陛下，他说公主病了。陛下，您看公主对您的态度越来越差，现在连这个奴才也敢用这种态度对您说话了。"

"是吗？"李尔的眼中闪出凶光。

"对不起陛下，如果您觉得我说的不对，那请原谅，可是在我看来您受人欺侮了，我不得不说。"

李尔早已经感觉到了这一切，甚至连奥斯华德都敢对他指手画脚了。"你过来，"李尔指着奥斯华德，"你知道我是谁吗？"

奥斯华德从鼻子中哼了一声，说："我们公主的父亲。"

李尔分明从中感觉到了奥斯华德的不屑，这种不屑让李尔想上前打他一顿，还没等李尔动手，肯特早已经上前，飞起一脚，奥斯华德应声倒在了地上。李尔哈哈大笑："哦，新朋友，真是痛快！"

肯特对奥斯华德说："站起来，滚！我这一脚是告诉你什么是尊卑有别，快滚

King Lear
从奥斯华德的表现来看，高纳里尔已经无法忍受自己的老父亲继续留在这里了。

King Lear
从肯特教训奥斯华德时说的话来看，当时英国的社会阶层有着十分森严的等级秩序，普通人不能冒犯贵族的尊严。

去见你的主子，给你主子说你受委屈了！"

奥斯华德灰头土脸地跑向了内室，他去找高纳里尔哭诉了。这时，李尔最喜欢的弄人笑嘻嘻地过来了。按照当时的习俗，国王或是大人物身边都养着个"弄人"（当时的一种叫法），在忙完一天的繁重公事以后，替他们解闷散心。李尔还拥有自己的王宫的时候，宫里也有

放肆！

哈哈，真是痛快！

这么个可怜的弄人，一个逗乐的人。这样一个地位低微、无足轻重的人尽他所能地对李尔表示敬爱。在李尔放弃了他的王位之后，这个可怜的弄人仍然跟着他，用他那机智的口才使国王开心，他常常头戴鸡头帽，李尔亲切地叫他"傻瓜"。

　　"哦，我的傻瓜，你来了！"李尔刚想拿出钱来奖励肯特，就看到了弄人进来，他最喜欢弄人那副惹人大笑的小模样了。

你来戴戴这顶帽子吧！

别说了。

弄人抖抖衣服，笑嘻嘻地对肯特说："真是个可爱的家伙！我把我的鸡头帽赏你怎么样？你从今天开始跟我干吧？"

"为什么？"肯特觉得弄人在捉弄他，可还是忍不住问原因。

"为什么？因为你帮了一个失势的人。你真是个看不出风势的家伙，来，把我的鸡头帽拿去。"弄人说着，就要将鸡头帽扣到肯特头上，肯特出于本能挡了一下。弄人又咯咯地笑了起来，他对李尔说："老伯伯，如果我有两顶鸡头帽就好了，当然，我还得有两个女儿，我把我的家财给了她们，鸡头帽我得自己存着。老伯伯，你是不是也该向你的女儿讨顶鸡头帽戴呢？"

李尔白了他一眼，快快地说："你个傻瓜，揭我伤疤！"

弄人笑眯眯地围着李尔转了一圈，念念有词：

"多积财，少摆阔；耳多听，话少说；
少放款，多借债；走路不如骑马快；
三言之中信一语，多掷骰子少下注；
莫饮酒，莫享乐；待在家中把门锁；
会打算的占便宜，不会打算叹口气。"
李尔听得头皮直发炸，肯特拉住弄人

King Lear
根据当时的社会背景来看，一般王室宫廷都会豢养专门用来取乐的弄人，相当于现在的小丑。弄人以滑稽的肢体动作和语言腔调来取悦别人。他们的社会地位十分低下，属于被剥削和压迫的阶层。

King Lear
弄人头戴的鸡头帽是他身份的象征。他以戏谑的言语和方式，来讽刺认不清现实的李尔。

说："别说了，没意思！"

弄人甩开肯特的手，继续说："我的话说得不明白吗？老伯伯，怎么样？"这话真正刺激到了李尔，李尔摇摇头。

弄人拉住肯特，咯咯地笑出了声："你告诉他，他的那么多土地，现在都成了垃圾。结果他不相信我这个傻瓜的话。"

"尖酸的傻瓜！"李尔高声说。

"哦，我的孩子，傻瓜的确有酸有甜。"弄人嘻嘻嘻地笑着。

"你是在说我是傻瓜吗？"李尔高声说，看样子并没有真的生气。

"是的，你的其他尊号都是别人给的，这个尊号是娘胎里带的。"说完，他竟然还向肯特眨了眨眼。

肯特并没有回应弄人半开玩笑似的直言，他庆幸自己回到了李尔的身边，要不然这样的环境，剩下李尔一个人，他该怎么面对。

心情复杂的李尔让弄人唱个儿歌，结果弄人颠三倒四地唱着，歌词都是和"傻瓜"有关，句句刺痛了李尔的心。

李尔并没有打断弄人，他这时也在怀疑自己是不是真的做错了。弄人歌词中的那一声声"傻瓜"，没有一句不刺痛他的心。正在弄人兴高采烈地表演时，怒气冲冲的高纳里尔进来了，她是听了奥斯华德的哭诉后过来的，她进来后就一脸不耐烦的样子，眼睛一直瞪着弄人。

弄人见到高纳里尔来，更是兴奋起来："看吧看吧，她的脸上写满了不情愿，

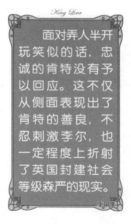

如果仔细观察就会发现，《李尔王》中的弄人不仅在戏剧中扮演着一名"丑角"，负责搞笑，他更像一名旁观的智者，每次都将自己对一切事物的清醒判断，以插科打诨的方式说出来。

面对弄人半开玩笑似的话，忠诚的肯特没有予以回应。这不仅从侧面表现出了肯特的善良，不忍刺激李尔，也一定程度上折射了英国封建社会等级森严的现实。

不是对我，是对你！"弄人用手指了一下李尔，又看向高纳里尔，突然把脸挡起来，似乎很害怕的样子说，"好好，好好，我闭嘴。你没说话，我都知道你让我闭嘴。

闭嘴，闭嘴；

你不知道积谷防饥，

活该啃不到面包皮。

他是一个剥空了的豌豆荚。"说完又笑嘻嘻地指向李尔。

高纳里尔狠狠地瞪着弄人，说："你真是一个<u>肆无忌惮</u>的傻瓜！"说完，她怒气没消的脸转向李尔继续说，"父亲，你养着这个傻瓜就先不用说了，还弄来了一个蛮横的卫士，他们的行为真的叫人忍无可忍。父亲，我本来还以为要是让您知道了这种情形，您一定会呵斥他们，可是我现在发现，你这是纵容，又或者他们的行为都是您授意的。"

高纳里尔要采取行动了，她正了正身，昂起头对李尔说："父亲，您是一个上了年纪的老人家，就要懂事一些。请您明白我的意思，您在这儿养了一百个骑士，全都是些胡闹放荡、胆大妄为的家伙，我们好好的宫廷被他们扰得像一

King Lear

虽然弄人一直在以"傻瓜"讽刺自己，但李尔始终没有动怒。他终于开始反思，自己之前的做法是不是真的错了。

King Lear

肆无忌惮：毫无顾忌、畏惧，任意妄为。

King Lear

忍无可忍的高纳里尔终于向李尔发难了！对比之前她称赞父亲的态度，如今的高纳里尔简直判若两人，真是讽刺啊！

个喧嚣的客店。"她告诉李尔从今天开始要将李尔的百
人骑士团解散掉，只留下一些适合于李尔的年龄，同时
又了解李尔现在一无所有，只是一个孤寡老人的人。于
是，她将百人骑士团减少到了五十人。

　　李尔哪里受过这样的气，更何况还是之前对自己百
依百顺、奉承到天上的女儿，现在竟然做出这样的事。
和忘恩负义的大女儿比起来，小女儿考狄利娅当初的错

误是多么渺小啊！难以忍受大女儿苛待的李尔备马决定赶往二女儿里根那里。

发完脾气的高纳里尔看着离开大厅的父亲，马上唤来了奥斯华德，命他赶快把写好的信送去给里根。

King Lear

李尔终于认识到高纳里尔的虚伪。他开始后悔当初对待小女儿那样刻薄。李尔那副由自负、骄傲打造的"外壳"出现了裂痕。

你的二女儿真的会对你好吗？

我没有亏待过她。

与此同时，李尔也派肯特快马加鞭地去送信了，他相信他的二女儿里根听到他的遭遇会站在他这边。弄人依旧笑嘻嘻地站在李尔旁边，问："老伯伯，你说脚长了脓能不能走路？"

"当然不能，你想说什么，孩子？"李尔问。

"你想去你另一个女儿家，然后被奉为上宾？你到了那，就会知道她对你有多好了！"弄人哈哈大笑。

快马加鞭：
比喻加速前进。

"你是知道什么吗？"李尔知道弄人的疯言疯语有时是有意义的。

弄人并没有回答李尔的话，仍然笑着说："你应该去，去感受一下，老伯伯，你能告诉我蜗牛为什么背个壳子吗？"

李尔摇摇头，弄人笑嘻嘻地说："因为它要把头放里边，它也不会把它的壳子分给女儿，害得自己没地方放头。"

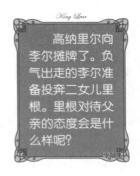

高纳里尔向李尔摊牌了。负气出走的李尔准备投奔二女儿里根。里根对待父亲的态度会是什么样呢？

李尔苦笑了一声，说："我身为父亲，没有亏待她！我的马已经备好，我们出发吧！"

李尔王流落荒野
Li Er Wang Liu Luo Huang Ye

King Lear

爱德蒙用阴谋算计兄长，只为了夺取家业。这种性格的形成，和他私生子的身份及从小生长的环境有很大关系。

King Lear

葛罗斯特轻易相信了爱德蒙的谎言，而爱德伽也不敢去和父亲解释，只是一味逃避。明明很容易化解的矛盾，却闹得越来越大。这说明葛罗斯特和爱德伽平时缺乏沟通，也从侧面反映出封建社会森严的父子等级关系。

在葛罗斯特伯爵的城堡庭院中，私生子爱德蒙正在策划着又一起阴谋，他决定趁着二公主里根和她的丈夫康华尔公爵驾临的时机，让爱德伽永无翻身之日。

经过"伪造信件"的事件后，爱德伽已经被盛怒的葛罗斯特下令追捕。爱德蒙为了使自己的计划能够顺利施行，于是把爱德伽藏了起来。这天，爱德蒙找到爱德伽藏身的房间，隔着门压低声音说："哥哥，我想跟你说句话！"

爱德伽开门后，爱德蒙直接将自己之前杜撰好的谎言告诉了他："哥哥，你快离开这里吧，有人已经悄悄告诉父亲你藏在这里了，趁着天黑，你快走。哦，对了，你说过反对康华尔公爵的话吗？他们夫妇今晚也要来，好像是冲你来的。"

突然，远处传来一声咳嗽，好像是葛罗斯特。爱德蒙拔出佩剑，对爱德伽说："哥哥，父亲过来了，我们假装开战，然后你

抢走火把，自己快逃跑吧。"

爱德伽点点头，装作与爱德蒙搏斗的样子，抢过火把并跑掉了。爱德蒙看着爱德伽的背影，邪恶地一笑，拿剑划伤了自己的手臂，随后高声呼喊："父亲！父亲！谁来帮帮我？快帮帮我！"

葛罗斯特见爱德蒙被爱德伽这个"逆子"伤害，非常生气地问："那畜生在哪里？"

"他刚刚躲在黑影里，趁我不防备就刺了我一剑。"

那个逆子！

父亲，我好疼。

爱德蒙把血淋淋的胳膊伸给葛罗斯特看，装出一副极为可怜的样子。

"那畜生到底逃到了哪里？"葛罗斯特脸色铁青。

爱德蒙无力地举起来另一只手，叹了口气说："好像去了那边……"话还没说完，他又装作惋惜地叹了口气。葛罗斯特紧皱眉头，一边让下人去追，一边扶起爱德蒙询问他为什么叹气。

葛罗斯特和爱德伽的事情告诉我们，"眼见不一定为实"。

爱德蒙摇摇头说："爱德伽想让我跟他合作，一起杀死您，我不同意。他可能就是因此才想杀了我吧。"之后，他还"安慰"葛罗斯特："父亲，您不要生气，我曾经对他说，要将他的秘密告诉您，但他却嘲笑我，说我只是个私生子，父亲根本不会相信我。"

"畜生！"葛罗斯特听得咬牙切齿。突然，一阵喇叭声传来，那是公爵仪仗队的声音。葛罗斯特温柔地对爱德蒙说："我的孩子，你是个孝顺的孩子，你可不能学你哥哥，康华尔公爵来了，我要让他帮我抓住那个逆子！我也会想办法让你继承我的财产。"

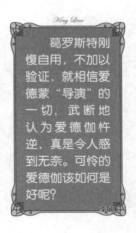

葛罗斯特刚愎自用，不加以验证，就相信爱德蒙"导演"的一切，武断地认为爱德伽忤逆，真是令人感到无奈。可怜的爱德伽该如何是好呢？

爱德蒙脸色沉重地点点头，他的计划

就是为了得到这些呀，他心里早已经乐开了花。

　　此时，康华尔公爵带着里根公主来了，还带了两个人，他们分别是帮李尔送信的卡厄斯（肯特）和帮高纳里尔送信的奥斯华德。李尔和高纳里尔分别送信给里根，前者的意思是让里根他们把他接走，而高纳里尔的意思是让他们不要去接李尔，希望把他激怒，然后摆脱李尔。里根有些犹豫不决，于是和丈夫带着信使来找葛罗斯特。

　　可还没等里根说明来意，卡厄斯（肯特）和奥斯华德就开始吵架了，最后还动起手来。爱德蒙上前分开了他俩，大声斥责："住手！你们在公主面前，怎么能如此无礼？"

但脾气暴烈的卡厄斯（肯特）哪里肯罢休，他一边继续奚落奥斯华德，一边嘲讽劝架的爱德蒙。康华尔公爵见两个人越来越不像话，于是举起剑说："都住手！谁再寻事，我就让谁倒在我的剑下。"

奥斯华德和爱德蒙的手同时放了下来，可卡厄斯（肯特）却没有停下嘴："你这恶棍，就是天地倒转再也生不出像你一样的恶人了！"

面对卡厄斯（肯特）的讥讽，奥斯华德恼火地回嘴，康华尔公爵又出面暂时制止了争吵。但没过多久，两人又争执、谩骂起来。几次三番后，康华尔公爵也生气了，他与里根商议后决定答应高纳里尔，而卡厄斯（肯特）作为李尔王的信使，自然没办法得到他们的优待。他们给卡厄斯（肯特）戴上了沉重的足枷。

葛罗斯特很同情卡厄斯（肯特），他告诉卡厄斯（肯特）不要再闹了，他会向里根求情。

卡厄斯（肯特）笑了笑，说："大人，不必。我呀，走的路多了，还没睡会儿呢。"说完竟然眯上了眼睛。

"唉，你是王上的使者，公爵这样做

人都是有两面性的，肯特也不例外。在李尔王面前，他是忠诚的臣子；在敌人面前，他是暴躁的武夫。

不论是里根，还是高纳里尔，她们嫁的都是贵族。这说明封建社会门第观念非常强。

里根和高纳里尔简直是一丘之貉！可怜对她寄予厚望的李尔又要失望了。

不合适，王上会怪罪的！"葛罗斯特自言自语地走了，只留下了戴着足枷的卡厄斯（肯特）待在原地。卡厄斯（肯特）觉得葛罗斯特的说法很可笑，毕竟他们的王上已经自身难保，哪还有工夫怪罪他。不知怎么回事，烈日下的卡厄斯（肯特）想起了善良的小公主考狄利娅。

空旷的荒野里，可怜的爱德伽正藏身在一个空心的树干中。此时的他穿着破衣烂衫，全身涂满了污泥，一副穷苦人的打扮。爱德伽打听过，盛怒的葛罗斯特下令在全领地通缉他，只有打扮成脏兮兮的模样，他才能躲过追兵的搜捕。

如今的爱德伽十分迷茫，根本看不到前方的道路，灰心之下，他只能走一步看一步了。

另一边，李尔久久等不到卡厄斯（肯特）回来，于是只能亲自动身赶到了葛罗斯特的城堡中。

李尔一进门，就看到了戴着足枷的卡厄斯（肯特）。"主人，你好啊！"卡厄斯（肯特）朝李尔笑着打招呼。

还没等一脸疑惑的李尔开口，他身旁的弄人便开了腔："哈哈哈！快看他系着个多么别致的链子？拴马捆马头，逮猴捆猴腰，抓人就捆脚！"

李尔向弄人摆了摆手，示意不要说话，他要把事情弄清楚。李尔弯腰扶起卡厄斯（肯特），温柔地询问："这是谁干的？你没有告诉他们你是我的人吗？"

卡厄斯（肯特）嗤之一笑说："当然是您的好女儿和好女婿。"

"这不可能！"李尔喊。他不敢相信自己的二女儿竟然和大女儿一样不孝。

卡厄斯（肯特）见李尔神色复杂，于是将今天发生的一切都告诉了李尔。李尔越听越生气，身边的弄人还

哈哈，你这条链子真别致。

卡厄斯？怎么会这样？

唱起了小调。李尔瞪着弄人说："别唱了！乌鸦嘴！"他现在没有时间生气，他必须快点去里根那里确认一下。李尔独自一人走进了大厅，与正要出门的葛罗斯特撞了个满怀，李尔高声嚷嚷，要里根和康华尔公爵给自己一个交代。

葛罗斯特深施一礼，说："陛下，我很愿意听您吩咐。但公爵的脾气也不是很好，估计您不会得到满意答案。"

李尔气愤极了，他尽量往下压了压火，说："去把我的女儿女婿叫出来，我作为父亲想要给他们说句话有那么难吗？"李尔一转身，又指着上了足枷的卡厄斯（肯特）说，"把我的人锁在这儿，还让我冷静？我需要一个解释。"

但显然葛罗斯特并不想去传话，他深施一礼走了，留下了暗自生气的李尔。

第二天一早，康华尔、里根及葛罗斯特来到了李尔的住处。康华尔还是那副勤勉正直的样子，他下令放了卡厄斯（肯特）后，就可以把责任推干净，也可以大大方方地跟李尔打招呼了。

李尔看到里根释放了卡厄斯（肯特），又看到了毕恭毕敬的里根夫妇，他的气消

King Lear

看到被上了足枷的肯特，李尔隐隐明白了自己"寄人篱下"的处境。但长久身居高位的经历，令他放不下架子。他开始"高声嚷嚷"，用外在的愤怒来隐藏内心的失落与不知所措。

King Lear

葛罗斯特转身离开的表现，说明他并不想参与王室的家事，有着明哲保身的心思。

里根夫妇一开始还想装作谦恭敷衍李尔。但伴随着李尔的唠唠叨叨，两人渐渐失去了耐心，准备和李尔彻底撕破脸皮。

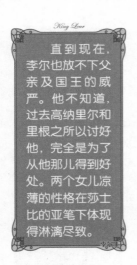

直到现在，李尔也放不下父亲及国王的威严。他不知道，过去高纳里尔和里根之所以讨好他，完全是为了从他那儿得到好处。两个女儿凉薄的性格在莎士比的亚笔下体现得淋漓尽致。

指桑骂槐：比喻表面上骂这个人，实际上骂那个人。

了一大半，因为他以为他的二女儿是真的爱他的。李尔向里根夫妇开始诉说他在大女儿那里受了很多苦，而且大女儿还将他的侍卫撤掉了一半。越说越生气，他忍不住骂了起来。里根公主心里不以为意，表面装作替李尔王着想，对他说："父亲息怒，不要着急，我觉得她对您如此，一定有她的苦衷。"但李尔仍然不依不饶地诅咒大女儿。

里根不高兴了，她板着脸说："父亲！您年纪大了，已经快到了生命的尽头，应该让一个比您自己更明白您的地位的人管教管教您，所以我劝您还是回到姐姐的地方去，向她道歉。"

"你在说什么？我去道歉？你是说我老了，不中用了，要跪在地上，向你们这些年轻人讨饭吃吗？"李尔愤怒地说。

里根抬起头，直视年迈的父亲说："父亲，别任性，回到我姐姐那去吧。"

李尔气得站起身来，指着里根破口大骂，虽然句句骂的是高纳里尔，但谁都知道他在"指桑骂槐"。

这时，房间外传来一阵喇叭声响，李尔的大女儿高纳里尔登场了。她扬起高傲的脑袋，看也没看李尔一眼，径直和妹妹里根握手，被无视的李尔感到非常愤怒。但更让他感到心凉的是，二女儿里根对待自己的冷淡态度。

"你已经老了，将就一下算不了什么，还是快跟姐姐回去吧。"里根冷冷地说。

父亲，你需要向大姐道歉。

这不可能！

李尔高喊："不可能！我宁愿在野外住也不回到那里与狼为伴，我宁愿去法兰西国王面前做奴仆也不要回去苟延残喘。"说到这儿，他忽然间想起了那个嫁给法兰西国王的小女儿。

"随你的便。"高纳里尔鄙视地看了一眼李尔，她已经在背后听了很长时间了，从李尔骂她时她就一直听着。

姐妹两人已经达成了共识，她们要合作，彻底把李尔赶走。

李尔想带着麾下一百个骑士留在里根这里，但里根坚决反对，并赞成高纳里尔削减李尔扈从人数的做法。高纳里尔说："父亲，您不用保留那么多扈从，我的仆人会侍候好你的。"

里根也紧跟着说："对呀，那样如果他们怠慢您，您就可以让我们去斥责他们。哦，还有，你下回到我这儿来时，就带二十五个吧，如果超过这个数，我可不招待。"

愤怒的李尔"离家出走"了。接连遭受打击的他到底该何去何从？

李尔看着一唱一和的姐妹俩，内心十分绝望。自己把一切都交给了两个女儿，本以为能安享晚年，可眼下换来的是什么呢？

李尔头也不回地走了，高纳里尔和里根相视而笑，康华尔公爵则派葛罗斯特跟上去，看李尔到底去了哪里。没一会儿，葛罗斯特告诉大家，愤怒的李尔直接带着几个人出了城，向荒野里走去。

天色渐渐暗了下来，荒野中狂风骤起，乌云漫天，暴风雨就要来了。

父亲，下次来别带那么多随从，不然我可不招待！

我也一样。

荒野中的疯子们

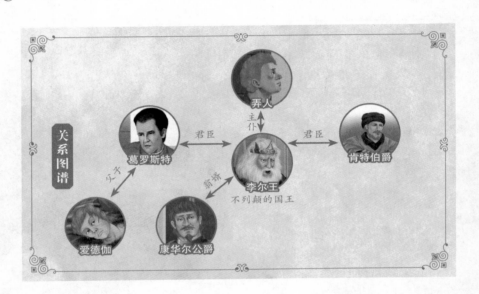

关系图谱

弄人

主仆

君臣

葛罗斯特

君臣

肯特伯爵

父子

领养

李尔王
不列颠的国王

爱德伽

康华尔公爵

回到城堡的葛罗斯特想到刚刚发生的事，心里觉得很不是滋味，忍不住跟"孝子"爱德蒙抱怨，说两位公主忘恩负义，国王十分可怜。爱德蒙嘴上附和，心里却想："你也是一个没用的老东西，我早晚会把你的财产搞到手。"

卡厄斯（肯特）解除足枷后，在荒野中找到了李尔一行人。当时，天空正下着倾盆大雨，但李尔却像没有感觉一样，呆呆地向前走着，弄人在雨中胡乱地唱着歌。一行人在雨中行走，忽然瞧见一间茅草屋。卡厄斯（肯特）希望李尔能去那里避雨，但李尔却坚持要淋雨。疯癫的

弄人闯进茅屋，结果大喊大叫。一个穿着破衣烂衫的穷苦人走了出来："你们好，我是叫花子汤姆！""他可能是一个没人管的疯子。"卡厄斯（肯特）推测说。李尔听了，联想到自己的经历，忍不住同情起面前的叫花子。他丝毫没有认出来，站在他面前的这个人正是葛罗斯特被通缉的大儿子爱德伽。

没一会儿，担心李尔的葛罗斯特提着灯火找了过来。爱德蒙得知葛罗斯特的动向后，赶紧把这件事上报给了里根。爱德伽一眼便认出了自己的父亲，但他现在实在没办法与其相认，只得装疯卖傻。

葛罗斯特皱着眉，说道："陛下怎么和这种人在一起！请您跟我回去吧。"老天，他竟然没有认出那是自己可怜的大儿子！

此时的李尔因为两个女儿的背叛变得精神恍惚，他对葛罗斯特的话充耳不闻，反而去和化名汤姆的爱德伽交谈起来。两个人的对话前言不搭后语，活像两个疯子！

没一会儿，聊得兴起的两人手拉手

King Lear

贵族出身的肯特"以貌取人"，推测穷苦打扮的爱德伽是疯子。丝毫没有想到对方同样也有乔装打扮的可能。这说明肯特本质上仍是一名封建贵族，有着牢不可破的阶级观念。

King Lear

连续不断的沉重打击，对李尔的精神造成了重创。最终，曾经不可一世的李尔王不见了，现在只有"疯子李尔"。

走进了茅屋，其他人见状只得跟随。

另一边，康华尔公爵夫妇在得知葛罗斯特去找李尔后，生气地废黜了对方的贵族身份，并把爵位赏给了爱德蒙。同时，他们还派人去抓葛罗斯特。

李尔王真的疯了！还好他的身边还有几名忠臣陪伴——化名卡厄斯的肯特、被

King Lear

李尔虽然疯了，但身边仍然有忠臣跟随。所谓"人情有冷暖，日久见人心"，也不外乎如是。

夺权的葛罗斯特、假装疯子的爱德伽，以及那个半疯半不疯的弄人。

如今的李尔看起来很快乐，没有一点忧愁，每天不是与爱德伽胡乱聊天，就是跟弄人、爱德伽一起玩审案的游戏。

一次，"审案"结束后，弄人躺下休息，李尔见状，也乖乖地躺下睡着了。爱德伽躺在两人身边，满腹心事。他每天都和敬爱的父亲朝夕相处，却没办法与其相认，这种感觉令他备受煎熬。

King Lear

尽管爱德伽被葛罗斯特逼迫得流离失所，甚至还要装疯卖傻，但他仍然敬爱自己的父亲。这是多么善良忠厚的人啊！

康华尔公爵的搜捕越来越严密，葛罗斯特和肯特经过商议，决定把李尔送到多佛城堡，肯特在那里的势力很强，可以很好地保护李尔。与此同时，肯特为了帮李尔夺回荣光，特地漂洋过海来到法兰西，声泪俱下地向李尔的小女儿，如今的法兰西王后考狄利娅控诉高纳里尔和里根的不孝罪行，哭诉李尔王的凄凉。善良、孝顺的考狄利娅哪里受得了这个？她泪眼涟涟地向丈夫请求，让自己带兵回英国，帮助父亲夺回王位，国王同意了。

King Lear

声泪俱下：形容极其激动、悲伤的样子。

肯特这边一切顺利，但留在英国的葛罗斯特却出事了。在外出寻找食物时，葛罗斯特被康华尔公爵的人抓了起来。

"你们把李尔送到了哪里？"里根问。

"多佛！"葛罗斯特并不想隐瞒，"而且法兰西已经知道这些事了，你们这些恶人，总一天会得到报应。"

康华尔公爵气急败坏，作为惩戒，让人挖掉了葛罗斯特的眼睛。葛罗斯特痛苦地吼叫："我的儿子，爱德蒙！为父亲报仇吧！"

一旁的里根听后哈哈大笑："你的好儿子背叛了你，否则我们怎么会知道你的叛逆行为？"

"我太蠢了！"葛罗斯特说，"我竟然蠢到如此地步！"他没想到爱德蒙竟然会背叛自己这个父亲，他痛恨自己相信了对方的花言巧语。下一刻，他想到了大儿子爱德伽。会不会爱德伽也是被冤枉的？可怜的爱德伽，我还不知道他在哪里。

康华尔公爵命人将葛罗斯特丢出去，然后与夫人里根一同回到内室中。几个仆人接到命令后抬着葛罗斯特出门，他们为葛罗斯特和老国王感到不平，他们相信里根与康华尔公爵一定会遭到报应。这几个仆人帮葛罗斯特简单包扎了伤口后，让一个乞丐把葛罗斯特送到多佛去。

在善良老乞丐的帮助下，瞎眼的葛罗斯特并没有受太多罪。这天，他们正往前走，忽然遇到了一个人，那是因为担心父亲而出门寻找的爱德伽。他看到失去双眼的父亲，内心十分痛苦。他差点忍不住和葛罗斯特相认，但爱德伽知道，眼下还不是最好的时机。

乞丐老人有事离开后，爱德伽则拉起葛罗斯特的手，颤抖着说："来，来，让疯汤姆给你带路吧！"

葛罗斯特苦笑了一下："哈，一个疯子给一个瞎子带路，倒也很有趣！"两人就这样一前一后地走了，衣衫破烂的爱德伽牵着满身泥土的老父亲的手，内心感到很温暖。

King Lear

尽管仆人们同情李尔和葛罗斯特的遭遇，但慑于康华尔的淫威，他们只敢为葛罗斯特提供有限的帮助。与几名陌生的仆人比起来，高纳里尔这些"亲近"的恶人更加面目可憎。

父女在战场团聚

Fu Nu Zai Zhan Chang Tuan Ju

在考狄利娅的率领下，法兰西军队踏足不列颠的土地，战争的阴云笼罩在考狄利娅的故乡之上。

奥本尼公爵是高纳里尔的丈夫，一直以来，他都对妻子和妹妹的恶行一无所知。直到法军步步紧逼，他才从高纳里尔那里得知了一切。善良的奥本尼坚决主张与法军讲和，但高纳里尔认为丈夫太过懦弱，她觉得敌人如果来了，就要狠狠地打回去。高纳里尔看不起丈夫的"软弱"，倾心于野心勃勃、姿态强硬的爱德蒙。

就在高纳里尔和奥本尼公爵争执不下的时候，一个消息传来：康华尔公爵死了！

原来，在康华尔公爵下令剜出葛罗斯特的眼睛时，一个仆人看不过他的暴行，据理力争。暴怒的康华尔公爵决定和仆人决斗，结果由于疏忽大意，被对方刺伤。本来大家以为这只是小伤，但没想到康华尔公爵的动脉被刺破了，没过一会儿就一命呜呼了。

据理力争：根据事理，努力争取或努力争辩。

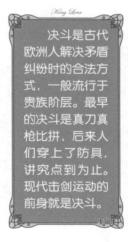

决斗是古代欧洲人解决矛盾纠纷时的合法方式，一般流行于贵族阶层。最早的决斗是真刀真枪比拼，后来人们穿上了防具，讲究点到为止。现代击剑运动的前身就是决斗。

奥本尼听到消息后很伤心，但高纳里尔却十分兴奋。她想：既然眼下康华尔死了，如果再除掉里根，那么整个国家不就是她的了吗？而且高纳里尔早就看不惯爱德蒙和里根关系暧昧，下定决心要除掉妹妹。

在多佛法军营地附近，考狄利娅的侍女向她通报，她们看到了发疯的李尔王！原来，李尔来到多佛后，肯特曾派人保护他，但李尔却寻了个空子逃跑了。他在麦田里用稻草、荨麻和野草编织成王冠，把它戴在头顶，一边唱歌，一边跳舞。

我可怜的父亲！

考狄利娅听说父亲的现状后，非常难过。她有心想去见父亲，却又怕刺激到他。思量再三，考狄利娅决定带着医生看看李尔。

"王后，医生到了。"这时，在王后面前恢复身份的肯特伯爵带着医生进来了。考狄利娅点点头："辛苦你了，肯特。你也去换一身干净的衣服吧。"

"王后，现在还不是我公开真实身份的时候。现在我还是卡厄斯，一个您不认识的陌生人。"肯特低声说。

考狄利娅默许了。她让医生先给李尔看病。忙碌了一阵后，打扮一新的李尔垂着头，坐在椅子上。

饱经风霜：
指经历了各种苦难。

"王后，请您不要走开，我叫醒他，我觉得他的神经已经安定下来了。"医生说着，命人奏起了音乐。考狄利娅走近父亲，轻轻吻了一下这位饱经风霜的老父亲。她轻轻抚摸着父亲的满头银发说："如果您不是高纳里尔和里根的父亲，她们会不会看到您的白发而同情您呢？可怜的父亲，您宁可睡在烂草堆，与猪狗乞丐做伴，也不愿再留在那个深渊中。父亲，您醒来会不会再次崩溃？"

从考狄利娅的表现来看，在李尔的三个女儿中，她最善良、最有孝心，是最应该获得幸福的人。

此时，李尔睁开了疲惫的眼睛，考狄利娅赶紧问："父王，陛下，您还好吗？"

然而，令考狄利娅失望的是，李尔仍然表现得疯疯癫癫，甚至跪在了地上。他痴痴地说："不要笑话我，我是一个傻老头子，头脑出了问题……你是考狄利娅？"李尔忽然认出了小女儿。

考狄利娅赶紧点头，流着眼泪说："是的，父亲，是我。"

父亲！

我可怜的考狄利娅！

"别哭，你是来给我送毒药的吧？我喝，当初我对你那么不好，你不爱我是正常的，你给我药吧，你的两个姐姐都虐待我，她们不爱我，自然，你比她们更有理由虐待我。"李尔皱着眉头说，似乎平静了许多，也许他已经恢复正常不再疯疯癫癫了，"我是在法国吗？"

"不，您还在英国。"肯特激动地说。

然而，没过一会儿，李尔又变得浑浑噩噩，考狄利娅伤心极了。

在多佛附近的英国军营中，爱德蒙最近志得意满。如今他不仅继承了葛罗斯特的爵位，位高权重，还颇受高纳里尔与里根的喜爱，两名公主为了他争风吃醋，天天发生争执。

这天，正当爱德蒙和里根厮混在一起时，高纳里尔和丈夫奥本尼来了。高纳里尔看到里根就气不打一处来，她想着就算这场战争输了，也不能让里根与爱德蒙在一起。

"妹妹，好久不见。"奥本尼与里根打招呼，但表现得并不热情，"我听说陛下领着一帮反对我们的人投奔了考狄利娅，这可不太妙。如果是我们之前的做法引来

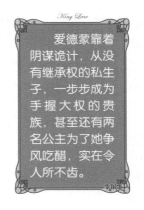

King Lear

爱德蒙靠着阴谋诡计，从没有继承权的私生子，一步步成为手握大权的贵族，甚至还有两名公主为了她争风吃醋，实在令人所不齿。

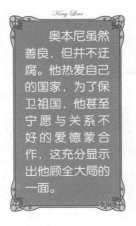

King Lear

奥本尼虽然善良，但并不迂腐。他热爱自己的国家，为了保卫祖国，他甚至宁愿与关系不好的爱德蒙合作，这充分显示出他顾全大局的一面。

了战争，我可是一点也没兴趣开战。但现在的问题并不是陛下向我们兴师问罪，而是法国要侵犯我们的领土，这是我不能容忍的。"

"您说得很对。"爱德蒙故作谦卑地说。

里根瞟了一眼奥本尼："你说这些话有什么用？"

高纳里尔没有和里根交谈的打算，她直接对爱德

殿下，请听我说……

蒙说：“当务之急是一起把法国人打跑，至于内部的矛盾之后再谈。”高纳里尔<u>不动声色</u>地白了丈夫一眼，说，“现在让我们讨论下如何作战吧。”

不动声色：
既不说话，也不流露感情，形容神态镇定。

大家点点头。正当一行人准备进入内室商讨战略时，走在最后的奥本尼被人拉住了衣服。此人正是乔装成士兵的爱德伽。他小声说：“殿下，我有重要的话对您讲。”说完，他递给奥本尼一封信。

奥本尼虽然不解，但还是把信接了过来。“侍卫”压低声音，语气急促地说：“殿下，您拆开信看一看，如果您获胜那就吹喇叭为信号叫我出来，虽然我是一个低贱的人，但我可以请出证人来，证明信上的一切；如果您失败了，那我们就只能自己顾自己了。到时候，你只要喊一声‘传令官’，我就出来了。”

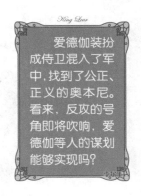

爱德伽装扮成侍卫混入了军中，找到了公正、正义的奥本尼。看来，反攻的号角即将吹响，爱德伽等人的谋划能够实现吗？

内室中，爱德蒙真是太得意了，他利用两姐妹的感情，让她们互生嫉妒，两个人像毒蛇一样互相无形地撕咬着。“我要哪一个？还是两个都要？还是一个也不要？如果两个人都活在世上，我一个也得不到手，娶了寡妇，高纳里尔会来报复，但是奥本尼不死，我又怎么能要高纳里尔呢？唉，现在我只是借奥本尼做军令的幌子，等战争结束，高纳里尔要是想结果她丈夫的性命，那再好不过。"爱德蒙看着左右两个姐妹，心里盘算着。

爱德伽送完信，回到葛罗斯特身边："老人家，休息一下吧，正义会胜利的，如果我回来找您，那一定会带好消息。"

葛罗斯特笑着说："上帝会照顾你的，好心的小伙子。"

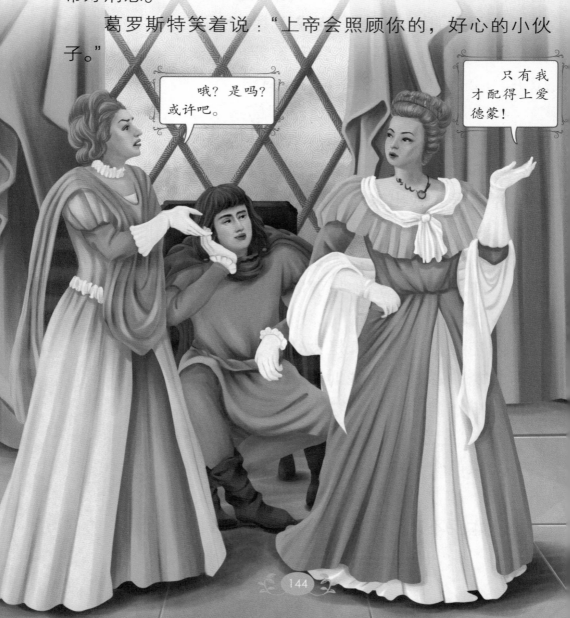

哦？是吗？或许吧。

只有我才配得上爱德蒙！

这是一个悲剧 *Zhe Shi Yi Ge Bei Ju*

法兰西国王因故回国，只留下考狄利娅在军中主持大局。由于考狄利娅缺乏经验，再加上爱德蒙的阴谋，法军战败，考狄利娅和李尔都被俘虏了。

战后，爱德蒙命令麾下的看守把考狄利娅和李尔关到监狱中，吩咐监狱长秘密处死两人。做完这一切后，心满意足的爱德蒙走出监狱，意外遇到了奥本尼公爵。

"爱德蒙，你可真不愧是将门虎子，敌人已经被打败，接下来请把俘虏交给我吧，我会妥善处置他们。"奥本尼向爱德蒙提出要求。

爱德蒙假笑着说："殿下，请放心，我已经做好安排了，明天或者再迟一天他们就会接受审判。所以，您不用再操心了，王后也是这个意思。"

奥本尼瞪着爱德蒙说："伯爵，你这么做是不是有些僭越了？"话音刚落，里根和高纳里尔走了过来。里根推开奥本尼，

真没想到，考狄利娅和李尔居然被打败了，爱德蒙居然还要处死他们，怎么办呢？

奥本尼向爱德蒙讨要考狄利娅和李尔的"处置权"，没有直接武力逼迫，这说明善良的他想在尽量不大动干戈的情况下，解救两人。

面带讥讽地说："如果这是我允许的呢？奥本尼，我已经授权给爱德蒙了。现在的爱德蒙足以和你称兄道弟！"

高纳里尔见里根和爱德蒙关系亲密，忍不住吃醋地说："你少点亲热吧，爱德蒙伯爵的地位是他自己挣来的，不是你赏赐的。"

"姐姐，我已经把我的权力托付给他，他就是最尊贵的人。"

"要是他做了你的丈夫，也许是。"高纳里尔哈哈大笑。

"笑话往往就是预言。"里根也跟着假笑。

爱德蒙没在意两个女人吃醋，他拉住了执意要进监牢的奥本尼，恶狠狠地说："你不能进去。"

"这不是你能阻拦的，让开！"奥本尼瞪着爱德蒙，拔出了剑。

"你们决斗吧！"里根在一旁挑唆着。

奥本尼答应了。他用剑指着爱德蒙："爱德蒙，你犯有叛逆重罪，我宣布逮捕你。还有高纳里尔，我也要逮捕你这条毒蛇！"说完又看向里根，说："里根，因为我妻子的缘故，我必须要求您放弃权利，她已经跟爱德蒙有约在先，所以我作为她的丈夫，表示异议。要是您想结婚的话，还请把您的爱情用在我的身上吧，我的妻子已经另有所属了。"

"哈哈，太有趣了。"高纳里尔拍拍手说。

"天呐！我病了，我病了！"里根没想到奥本尼会说出这些话，她感觉自己快要晕倒了。当然，这和高纳里尔在她的食物中下毒也有关系。奥本尼让侍从将病倒的

殿下，您不能进去。

放开！

里根抬走了。然后，他用剑指着爱德蒙，回头对侍卫说："来！传令官！把喇叭吹起来，宣读我的命令。"

"是！"传令官领命说，"在本军之中，如有身份高贵的将官能证明爱德蒙是个罪恶多端的叛徒，那就站出来。"

三声喇叭之后，依照最初的约定，爱德伽站出来了。他拔出剑对着爱德蒙说："拔出你的剑吧。我要当众宣布，你是一个叛徒，你不忠于自己的父亲和兄长！"

爱德蒙也拔出了剑，高声说："胡说八道！受死吧！"两个人激烈地打斗起来。很快，爱德伽把剑刺入了爱德蒙的胸膛。

高纳里尔尖叫起来："你中计了！"

"闭嘴！"奥本尼警告高纳里尔道，高纳里尔气急，怒冲冲地跑了出去。奥本尼派人跟随，然后把一封信递给爱德蒙说："看看这封信吧。"

"好吧，你指认的罪状，我全都承认。不过这些事都是过去，我也要死了。能告诉我你是谁吗？"尽管爱德蒙已经奄奄一息，他还是看向刺死自己的侍卫。

爱德伽神色复杂地说："我是爱德伽。上天是公正的，父亲在黑暗中生下了你，结果你让他丧失了双眼。"

"是的，都是命运。"爱德蒙也很感慨。

奥本尼在得知侍卫是爱德伽后，心里很激动。他过去和爱德伽关系不错，因此当初人们说爱德伽坏话时，奥本尼就不愿相信。

爱德伽坦露身份后，见到故友也很感慨。他把这段时间的经历简短地告诉了奥本尼，包括自己装疯卖傻，与肯特等人一起陪伴李尔，侍候失明的父亲等等。

追上去，看住她！

　　躺在地上的爱德蒙闭着眼睛，但他并没有咽气，他心思百转，还幻想着能够翻盘。突然，一名侍从拿着一把滴血的匕首跑了上来，大喊："救命，快救命！"

　　所有人都被吓了一跳，连忙追问怎么了。侍从惊慌失措地说："殿下，您的夫人刺死了自己，这把匕首就是从她心口拔出来的！"

　　"为什么？"奥本尼追问。

快去监牢吧！去救李尔和考狄利娅！

"她说自己毒死了妹妹，然后就自杀了。"侍从稳了稳心神说。

爱德蒙听到这个消息竟然觉得有几分欣喜，觉得他们三个可以死后做夫妻，也是一件不错的事。

奥本尼刚命人把姐妹俩的尸体抬出来，听到消息的肯特匆匆赶来。他看到高纳里尔和里根的尸体后，尽管他们的关系并不好，但肯特还是觉得很伤心。

"看来还是有人爱我的。"闭目等死的爱德蒙突然说话了，"她们都为我而死。"

"看来的确是这样。"奥本尼冲着肯特耸耸肩膀，表情很无奈。

"我快要死了。"爱德蒙挣扎着，"临死前我就做件好事吧，快去监牢吧，我之前下令处死李尔和考狄利娅。"

奥本尼大吃一惊，让爱德伽赶快救人，爱德蒙则把自己的佩剑给了爱德伽作为凭证。然而，一切都已经晚了。

当爱德伽气喘吁吁地来到监牢时，只看到悲伤的李尔抱着考狄利娅的尸体痛哭流涕。

李尔不肯松开考狄利娅，嘴里不停地哭诉着，喊着考狄利娅的名字。人们陆续

King Lear
爱德蒙从小背负着耻辱长大，从没体会过被爱的滋味。但临死前，他得知高纳里尔和里根为了自己互相算计而死，这才体会到被爱的感觉。尽管她们的爱有些扭曲，但却令爱德蒙这个恶人的灵魂得到了救赎。

King Lear
爱德蒙的生命即将走到尽头，他不再隐瞒自己过去的错误，甚至主动交代了授意处死李尔和考狄利娅的事。可见，他心中仍有一丝善念。

赶来了。他们站在一旁，默默陪着李尔。李尔仍旧在哭诉着，他始终不相信女儿已经死去的事实。

自责、悔恨、难过……此刻，李尔的内心百感交集，但无论如何，他永远地失去了最爱他的小女儿。

肯特跪倒在李尔身旁，悲怆地喊："我的老主人呀！"

李尔扭过头，他并没有认出肯特，就推了肯特一把说："走开！"

爱德伽也跪倒在旁边，说："陛下，这位是您的朋友，尊贵的肯特伯爵呀！"

李尔现在一点儿也不关心谁是谁，他只想让自己的小女儿活过来。虽然他已经杀了监狱队长，为女儿报了仇，但他还是不甘心。

善良的考狄利娅就这样死了！莎士比亚设计这样的悲惨结局，更容易引发读者的共鸣。

肯特坐在地上，自言自语地说："陛下，您真的不认识我了吗？"

李尔听到呼唤才回过头来，他似乎清醒了些，用不确定的语气问："我的眼神不好，你难道是肯特？"

"正是，您的仆人肯特向您行礼，哦，您的仆人卡厄斯呢？"肯特故意提到了卡厄斯。

"他也是一个好人，我可以告诉你，他一生气就会打人，我估计他现在已经死了，连骨头都烂掉了。"从那次分开之后，

李尔找不到卡厄斯十分悲伤，他现在也很想念卡厄斯。

"陛下，您仔细看下，我就是那个人——"肯特勉强地笑了一下，"从您开始遭遇变故，我就一直跟着您，卡厄斯就是您可怜的肯特。"

李尔的手在空中拍了两下，努力回忆着一件又一件事，他无力地说："欢迎，欢迎。"

"您的两个女儿已经在绝望中自杀了。"肯特说，"这一切太凄惨，太黑暗了！"

"嗯。"李尔依旧眼中无神地说,"我想也是这样的。"

"他根本不知道自己在说什么!"奥本尼无奈地说,"哪怕我们拜见他也没有用。"

这时,有人上来禀报说爱德蒙已经死了,奥本尼摆摆手,没有说话。

突然,李尔大喊一声:"可怜的傻瓜们!"然后,无力地抱着考狄利娅,他在报怨,报怨为什么有人要杀死考狄利娅;他在自责,责备自己当初任人唯亲,错信了人。他抱着考狄利娅,呼喊着,咽下了最后一口气。

这场令人扼腕的悲剧终于画上了句号,奥本尼公爵是善良的,仁慈的,也是正直的,他没有鼓励和纵容妻子高纳里尔的罪行,在最后的时刻展现出了自己的正义。最后,奥本尼顺理成章地登上了国王的宝座。

最后,李尔终究还是没有顶住巨大的精神压力,负面情绪像海水一般涌来,直接压垮了他。可怜的李尔就这样死去了。

顺理成章:
比喻某种情况合乎情理,自然产生某种结果。

《李尔王》是一出悲剧,莎士比亚用李尔的结局警示人们,不要任人唯亲、偏听偏信,否则会酿成难以承受的苦果。